校园文摘 二
Xiaoyuan Wenzhai

有你 我的
年华不寂寞

万 亿　彭雪茹　滕卢涛　张佳羽
范开源　张孝成　徐 毅　逢杭之 /等著

中央编译出版社
CCTP
Central Compilation & Translation Press

图书在版编目（CIP）数据

有你，我的年华不寂寞 / 万亿等著.
—北京：中央编译出版社，2015.3
（校园文摘系列丛书 / 万亿主编）
ISBN 978-7-5117-2352-9

Ⅰ.①有… Ⅱ.①万… Ⅲ.①作文 – 中学 – 选集
Ⅳ.① H194.5

中国版本图书馆 CIP 数据核字（2014）第 234340 号

有你，我的年华不寂寞

出 版 人	刘明清
出版统筹	董　巍
责任编辑	邓永标
责任印制	尹　珺
出版发行	中央编译出版社
地　　址	北京市西城区车公庄大街乙 5 号鸿儒大厦 B 座（100044）
电　　话	（010）52612345（总编室）　　　（010）52612371（编辑室）
	（010）52612316（发行部）　　　（010）52612317（网络销售）
	（010）52612346（馆配部）　　　（010）55626985（读者服务部）
传　　真	（010）66515838
经　　销	全国新华书店
印　　刷	北京威远印刷有限公司
开　　本	710 毫米 ×1000 毫米　1/16
字　　数	206 千字
印　　张	14
版　　次	2015 年 3 月第 1 版第 1 次印刷
定　　价	29.00 元

网　　址：www.cctphome.com		**邮　　箱**：cctp@cctphome.com	
新浪微博：@ 中央编译出版社		**微　　信**：中央编译出版社（ID：cctphome）	
淘宝店铺：中央编译出版社直销店（http://shop108367160.taobao.com）（010）52612349			

目录 CONTENTS

校园文摘
Xiaoyuan Wenzhai

CONTENTS

CONTENTS

▶ 鬼马狂想曲

▶ 自然物语

▶ 家乡素描

▶ 读书沙龙

繁星梦

秋意正浓

文 / 万亿

一场雨后，秋天终于来了。

刚盛开得香溢四射的桂花被雨水浇了一地。有人说秋天凉凉的，有人说秋天冰冰的。我说秋意有点凄凉。秋天并不是安静优雅，因为我是秋天的孩子。秋雨过后，大地一尘不染，天空那么透明，是我想要的那种惬意，那种心境；那么清秀，那么明净。

安逸，飘曳的落叶飞舞在我眼前，想说这是一派多么美好的氛围。徐徐冉冉，再无杂念绕心间，些许的自然，些许的淡蓝，随落花零落化成尘，随素风飘零天涯海角。

那个夜里，我做了一个好梦，梦见自己是秋天的孩子，在梦里化成落叶与秋风共舞，与细雨缠绵……

那个时候，不停地说着：我是秋天的孩子……许愿一季安凉，许愿从今翻似落叶休无眠，从今淡若秋风休谈世俗，从今雅如清菊撒清红尘。

秋天的温暖，金黄金黄的，如此迷离，我许愿秋可否赠与她的孩子那束温柔？秋可否抚摸她的孩子的额头呢喃：如此清凉之境，如此空旷之感，赐予你，赐予你温暖你。

丝丝细雨，那是秋天温凉的爱抚，凉爽凉爽的，如此温柔，我许愿秋可否赠与她的孩子暖意？让她彻底淋浴，让她彻底忘记，让她像孩子般的笑靥泛滥。

　　静卧的暖意，悄悄诉说那流不过指尖的细沙流年，一点点默默细数，一点点默默祈祷安生，一点点使自己安静。静卧深秋，采露为浆，落叶为席，可否让我安逸，可否让我只做秋天的孩子。

　　走在秋天的路途里，未及沉思，瑟瑟的风，卷着无序的思绪，凉风初起，秋雨过后，随风舞动的情怀低吟于微微颤动的秋叶，那嫩嫩的叶子，在秋的召唤中渐渐褪色，浓的化不开的情结终会随风飘落。

　　儿时，会细致入微的收藏起各种心迹的叶子，储存于心灵的书页内，盼着留下那淡淡的绿意，清清的纯色，美丽的底蕴，时光一转，翻起的活泼泼的曾经干枯如风中飘叶。

　　而今，能心如流水般细数秋叶纷飞，嫩蕊消散，静静拟叶轻叹，风雨下听一曲秋深沉的呜咽，观云淡风轻下秋高气爽的魂魄，动荡着秋韵迭起，情怀初现的思绪，秋雨绵绵浸满心怀，欲语还休……

　　秋天的沉淀，凝聚着更多收获的重量，令人沉思于季节的变更，人性的蜕变。

　　想想自己，春天单纯的播种，秋天染透了枫叶的记忆，淋透了心灵的纯净，秋雨，灌醉了夏的浓烈，延续风的诉说。

　　秋天的影子，穿越薄薄的云层，淡然涌出，心绪微微触动着些许的凉意的婆娑，我习惯于沉思，努力找回收获的欣然，剪影一闪一闪，是人生或得或失的再现。

　　浏览扉页，依然简单，在青黄相间的季节下做一回迟回的洗礼，浏览于天地，海阔天高，淡淡泛着欣慰，毕竟，秋是收获的季节，在收获的思想中成熟，在收获的得失下浅悟。

　　萧瑟匆匆，心亦飘零，文字的影子清淡而来，秋语浓浓，情怀无限，泛起的是永久的不会褪色的秋的洗礼……

早晨，我向东方看着昼

文 / 张佳羽

你看你看，东边，那山巅上，一辆独轮车的车轮，光亮地辗过。山醒了，昂昂地向上攀着，锐气着它刺破青天的样子。那车轮，向天空转去，撵得夜折戟敛翅，不敢有半点麻痹和耽误，将整个世界，拱手让给光明。于是我们的眼前，彩色起来，美好如诗，如画。

是谁推着这辆独轮车，那么大的力气，从谷底，推上山峰，从山峰，推上我们的头顶。是昼吗？他真是个大力士，车子推得稳稳当当。云朵绵延，绊也绊不倒他；狂风劲吹，掀也掀不偏他；赞歌悠扬，泡也泡不软他；梅雨淋漓，挡也挡不住他。

他不是个空想家，满脑子幻象，一脚底懒惰。他在乎每一天，一夜的想法，付诸一天的行动。经历寒冷，经历酷热，经历风暴沙浪，经历电劈雷击，推着独轮车，朝发夕至。困难从不对人言，挺身只在朝前处。走自己的路，做自己的事，季节的奖章，让给大地，富丽堂皇地戴在胸膛。

他不是个啰嗦家，讲天讲地，讲左讲右，神采飞扬，耗尽时光。他默默地走到高处，用红红的朝霞，擦去脸上的汗，抬起坚定的目光，向前方看去，那就是宣言。随后，他使出全身力气，推起独轮车，向前，向前，旺盛的热情，就是最好的说明。累赘的附带话，全是纠缠不清的多余，统统删去。

他不是个依赖家，把自己的心愿，搭在别人的背上。他崇拜独立，力挺独立。流水朝下，他朝上，自己的宏愿，自己去完成。纵然前程千万里，脚步虽小，每迈出一步，都是向目标抵近。所有的累，难以击倒，心中明亮的指向。成功的过程，昭示别人，锻炼自己。逝去的时光，带走回忆，留住辉煌。

　　他充满朝气，脚踏实地，每天早起，上山，远行。看似枯燥的重复，因为毫不松懈的努力，赋予全新的内涵。大地用春天，歌颂他照耀下的兴旺；用夏收，盛赞他打理下的丰产；用秋景，描绘他耕耘下的壮丽；用雪花，礼遇他培育下的精神。

　　你看你看，东边，那山巅上，昼推着独轮车，已站在山头上，朝气蓬勃的信念，光芒四射。山醒了，九九归一，百鸟朝阳，千翠纳林，万泉入海。世界生机澎湃，亿万生命，用各自的方式，唱响进行曲，宏图大展。他带动创新，拥有兴旺，豪情奔放！

这个冬天，我想歇在雪花底下

文 / 张佳羽

雪花送来一床棉被，一地的小麦把自己从头到脚盖起来，酣然入睡。它们睡着，做起绿丛丛的美梦。一觉醒来，春天就到了，杨柳吐絮，风暖花开，纸鸢满天，莺歌燕舞。

谁能不为梦醒时分歌唱！

而我呢？从年初到年尾，忙。忙着种文字，粒粒数来颇艰辛，篇篇飞去入屠苏。在这头，我花掉了少年时光，到底获得了什么；在那头，读者花掉了幸福时光，到底得到了什么……千万次的问，问苍天，苍天不语，彩云悠悠；问大地，大地无声，流水潺潺。

越垒越高的样报样刊，报告着写作成果的丰硕。可身为力挺丰硕成果的树，站在风中，却吹不起一丝红飘带。就这么热情地让思绪奔腾下去，山有高竭，水无止流，一天天，一月月，一年年，快乐走了，烦恼来了，一眼的装饰，别人看到高扬着开口明亮的窗，自己反被捂在沉闷的屋子。

即便写出一部《红楼梦》，自己也不愿意成为落魄的曹雪芹；

即便写出一部《西游记》，自己也很忌讳像吴承恩贫老而终。

一张一张迷惑的稿费单，在没有任何收入的同学看来，我应该被"打土豪、分田地"。在我看来，绿肥红瘦，风雨飘摇，远不值心力的付出。提钱很俗，没钱很愁。有钱可以请同学聚会，没钱，课间独喝寡淡的自带水。

小时候盼长大，长大又盼回到小时候。天真真好，小屁孩一个，一脸阳光灿烂。

一头插进经历，厚厚的浓发，被岁月一把一把理薄了，再也找不回来如韭的兴旺。

怪就怪生来勤勉，养成一种习惯，喘气就为了思考。思考很剥削人，盘盘清，一收获必有一付出。收获心境的标新立异，付出容颜的少年老成。思考很葛朗台，贪婪，吝啬，保守，捋下来一根根青丝，编成网，想死守着禁锢，却始终没有网住脚步，一次次踏破贺兰山阙。

我不知道追寻，连接在尽头的，是惊喜还是悲苦。只知道不断地超越，在超越里体会兴奋。停下来，会六神无主，茫然失措。

谁的打击都不如自己打击。别人打击的是衰退，自己打击的是前进。

我害了文字病。想用药除根，却把自己清除得更加痛苦。

恢复原位，我自信得飞扬跋扈，指点江山，乖戾嚣张。

谁的糊涂也没有自己糊涂。别人糊涂的是不懂，自己糊涂的是太懂。

我时常把自己当酒煮。想醉死一回，却清醒得蒙着眼睛数星星。

从凌晨到黄昏，不敢接触狂热的信息，怕自己的入盟，把它们顷刻烧焦。

崇尚文明，却喜欢听到粗鲁的震撼。鄙视无知，却排斥宫心计一样俏丽的复杂。

好想躺在几米的画里，铺一地开满小花的纤草，临一池能照见月亮的静水，枕一棵抽新枝发新芽的树，树的根扎进我的身体，我的身体驻着南来的春风，头上有一方碧蓝的天，抱一片绵羊一样洁白的云，云朵追逐一只会唱《万物生》和《来者摩羯》的鸟。我闭上眼睛，什么也不想，享受着，享受着……

可我终究被悠闲抛弃，堕落在尘嚣的繁杂里。

时代的奖惩形式，把每一个疾走的生命紧逼，宣宣而战，遵循强者生存法则。我也是法则里的一员，越自恃天才越逃不出周期率。凭谁问，逼到何处，才肯泄气？没有下文，没有答案，唯有忙碌。

有时候真读不懂自己，读不懂悄然到来的咄咄逼人的人生。到底要铸造什么？铸造一个星光闪耀的名字，一位呼啦啦响当当的人物，一部堪比千书暗百读不厌的经典，一场大呼小叫彻头彻尾的轰动……

说不清楚就闭嘴，等着长大。

冬天来了，蓄势待发的小麦一垄一垄地排好队，等着一场雪，给自己盖好棉被。它们要美美地大睡一觉，做一个自由自在的梦。梦在惊蛰打扰时醒来，明媚的春天就来了。

我何不与小麦躺在一起，让心歇在那里，给自己一个无知的等待……

感悟 2015 日历

文 / 匡天龙

　　岁月匆匆，如诗如歌。当我们撕下 2014 年最后一页日历时，新年的时间又展现在我们面前。日历，你是无言的使者，把时间的信息传递给人们；日历，你是忠实的导游，把未来的道路告诉人们，面对着张张日历，我触景生情，感慨万千。

　　岁月如梭，流水无情。日历年年更换，天天翻新，由厚变薄，由新变旧。正如泰戈尔所说："它是一把历史的刻刀，记载着岁月流逝的痕印，留下了青春衰老的年轮。"

　　日历，像高悬于人生旅途中的一口警钟，翻过日历，仿佛听到冷峻的忠告：逝者如箭，来者当惜。心头油然生起一种惶恐。时光是那么严厉而公正，如准点出发的列车，从不多给谁一分一秒，不会迁就任何一个姗姗来迟者，每一次在人生的车站误点，都是对青春资源、生命资源的浪费。如花的季节，如火的青春，一旦错过，就不再有生命的青翠，不再有青春的红润，留下的只有失望、惋惜和伤怀。

　　日历，就像镶嵌于岁月书页中的镜子，翻开日历，才依稀发觉了不经意的错失。"黄金易得，韶华难求。"此理人人皆知，然而却未必人人真正领悟且以此自律。许多美好的东西总是在人们不经意的时候悄然遗落。正如光阴昨天与今天相同，今天与明天相似，在这不知不觉中，多少时间在悠哉中虚度，在懒散、懈怠中消逝，在推诿扯皮中空耗，在文山会海中流失——回首匆匆走过的日子，人们心境各异，百感交集，也许会为自己不负青春时光采撷了生活的芬芳，升华了人生的价值而宽慰；也许因自己空长岁数，灰冷了灵魂和心智，丧失了信仰和意志而懊悔。

日历，一页页翻过，日子一个个飘落，在生命的年轮又增长一圈的时候，许多事理，过来了才明白，明白了都已经过去。如果沉溺于对逝去的年华追悔，只会增加人生答卷上的负分。面对明天，重要的是要上紧生命的发条，调整自己的步伐。昂首向前，才不至于生命的庭院疯长青苔，把锦绣前程无情地掩埋，人生这部巨著没有修订本，只给你一次选择的机会，过去了就无法挽回，无法更改。写出了佳句华章，你不可忘形；落下败笔拙作也不必绝望。重要的是，在以后的日子里，去编排出精彩的章节，让来日翻过日历时，多一份心灵的慰藉。

静夜思

文 / 董濬哲

（一）

黑夜降临，忙碌了一天的城市，渐渐宁静下来。嘈杂的人群也已回家，只留下星辰一样斑驳的灯光，绵延到黑暗深处，在无尽的夜中舞蹈。

我喜爱这个在黑暗中的城市，它带着未知、神秘，向我扑面而来。在漆黑一片中，我仿佛能够看见一切。耳边响起的只有微微清风路过的声音，是那样安静。抬头望去，深蓝色的天空中，浩瀚的星辰里，每一颗星都射出绚丽的光芒，衬托着那个庞大的、圆盘一样的月。瞪大眼，仿佛月亮上面坑坑洼洼的痕迹都能揽尽眼中，想象着会不会有嫦娥悄悄路过。

坐在窗台上，凝望着楼下疲倦而匆忙行走的人们，他们有的因为心有不顺而沉闷地喝酒，然后醉如烂泥地在大街上东倒西歪；有的似乎在思念家乡，眼神迷离。而我，像个局外人一样，看着他们，想像着关于他们人生的电影。

在黑暗中，漆黑一片。

似乎什么都看不到，仿佛又能看到一切。

（二）

附中的夜，静谧美丽。

教学楼前那棵高大的银杏树，在灯光下显得金黄耀眼。

操场上，由于没有灯光照射，显得有点黑暗静谧。独自一人在操场中跑了一圈又一圈，只能听到自己的心跳声、喘息声和脚步声，却能感受到一种前所未有的放松。累了，躺在空旷的草地上，聆听微风的声音，看月亮数星星。忘记一切烦恼，静静地享受操场的夜，夜的操场。

教学楼的灯，一盏一盏地熄灭，整个校园渐渐安静下来。站在漆黑的教室中，看着窗外的夜景，感觉是那么的美丽。走过学校每一个角落，仿佛在夜中才能看清它们，好似一切都沉沉地睡过去，留下一片打闹的我们的幻影。风吹动窗帘，将门吹开，一切随风摆动着，不静中又是那样的静。

一切沉沉地睡过去。

一声鸟鸣，钥匙开门的声音，又把一切唤起，然后又沉沉地入睡。

走出黑暗

文 / 杨睿泠

走出那一片黑暗，终会看见光明。

——题记

人生路上，有光明，也会有黑暗，谁也无法逃避。面对黑暗的降临，我们只能选择接受，然后再想办法战胜它，这样，黑暗过后，你就会看见光明前来迎接你。

我的人生也遇到过黑暗，但我已经成功地从黑暗中走出来了。那段时光令我难忘，如同刚刚发生过，细数起来也有三年之久了。

那时，我家狭小的房间落满了灰尘，斑驳的墙壁上，再也没有家的味道。爸爸生病住院之后，妈妈太忙，无暇管我的学习和生活，就安排我到舅舅家住。我整天都开心不起来，因为爸爸长了肿瘤，很可能再也站不起来了。

那时，我整天为爸爸担心，每晚躲在被子里偷偷哭泣。但每次接到爸爸的电话，听到爸爸在电话里的声音，我就会高兴一点，坚强一点。

终于，在爸爸的鼓励下，我战胜了那片黑暗的日子。

后来，我考上了合肥35中西藏班。这本来是件应该庆幸，应该高兴的事，因为只有在汉族学生中最拔尖的学生才能上内地西藏班，但我却又步入了另一片黑暗。因为这也意味着还不到十二岁的我就要远离父母，到一个陌生的地方学习和生活。

到这所学校后，我每天都想念父母，思想总在念想中徘徊，甚至为此吃不下饭，睡不好觉。后来在老师和家人的关心下，我逐渐战胜了恋家的阴影，走出了那片黑暗，重新走向了光明。期末考试，我数学和历史考了班上第一名，总分第七。

由此，我懂得了，暴风雨曾经打坏过多少稚嫩的枝叶，严寒曾经窒息过多少智慧的心窗，但只要有信心，一切不如意的黑暗都会过去。

高个子的烦恼

文 / 张时雨

相信许多同学都希望自己个子高高的，这样才有派头，够威风，有一种居高临下的气势。可我个子高，在饱受赞叹和羡慕的同时，也因为个子高，带来了不少烦恼。

炎热的夏天，谁都不想出去晒太阳，忍受骄阳的炙烤。可总得上学吧，上学就要上操场做操。老师不忍心看我们娇嫩的皮肤被太阳晒得流油，就大发善心，允许我们向树荫处靠近一点。队伍前面的同学（一般是矮个子）舒舒服服地在阴凉下做操，惬意地享受清凉。而我们这些高个子还在忍受骄阳的"抚摸"。我分明看到矮个子阴险的笑脸，他们正暗自得意呢，这让高个子情何以堪。我恨不得老天立马"惩罚"我们，让我们矮下半个头。

晒太阳不说，我们还因为高个子蒙受冤枉。高个子站后排，在老师那里，这是永远不会变的事实。站在后排，老师轻柔的细语自然听不清楚（老师都站在队首）。真是的，为什么老师不戴"小蜜蜂"（扩音器）呢，这样我们不就听清楚了吗？可老师不会想得那么周全，去考虑高个子的感受。有一次，老师让我们做"稍息"，后排的几个高个子根本听不见，只能凭感觉做动作，这样就难免错乱。老师走过来，狠狠地批评了我们，我们有口难辩，只能痛苦地忍受冤枉。都是高个子惹的祸啊。

高个子永远都坐在教室后面，可偏偏我的视力不好。在万般无奈下，我只能整天架着一副眼镜，好让我眼前的黑板清晰起来。可长期戴眼镜，将来会拥有一双"青蛙眼"，这对一个女生来说是个极大的丑化。因为个子高，我的梦想是将来当一名"鹤立鸡群"的模特，不曾想，我的梦想却早早破灭了。高个子，想说爱你不容易。

曾经想成为高个子的同学们，不要再渴望长高啦，因为高个子也有高个子的烦恼。

我想变成一颗"星"

文 / 余果

　　快要小学毕业了，同学录出现的次数也多了起来。其中，同学录中肯定少不了的必填项有这么几个：姓名、手机、住址、QQ。还有一些同学录上面还要多几个必填项：喜欢的动漫、明星、节目、电影等。

　　我见到这种必填项时，心中就犯难了——我又没有接触过这些，怎么会知道？最后，我拿定主意，毫不犹豫地写了起来——喜欢的音乐：《幽灵公主》主题曲；喜欢的明星：哆啦A梦；喜欢的节目：动画片；喜欢的电影：《千与千寻》……

　　王蒙蒙看到我填写的同学录感到十分惊讶。她认真地问我："你有没有看过《男生女生》《黑执事》《爱情公寓4》……"我脑袋发麻，越听越乱，连忙摇头："没有没有，都没看过！我只看过《哆啦A梦》《樱桃小丸子》《守护甜心》《猫和老鼠》……""不是吧！你这么幼稚呀！"王蒙蒙大叫道。

　　我怎么了？小学生不能看动画片吗？虽然妈妈总是说我不应该看动画片，但我又没有看像《喜羊羊与灰太狼》《熊出没》那种低龄儿童看的动画片。我看的那些动画片我认为也有可取之处嘛，譬如《猫和老鼠》里面的配乐就非常生动、贴切，《哆啦A梦》里机器猫的各种机器就很有科幻性。

　　王蒙蒙又问我："那你总会知道一点明星吧？"我挠挠头皮，过了好一会儿，才吐出几个字："刘欢。""不是吧！"王蒙蒙做出马上要晕倒的样子，"刘欢都是什么年代的人了？！连本兮和香香都不知道吗？很火呀！"其实，我真的不明白她是怎么了，喜欢的明星名字都这么奇奇怪怪的！

班上的同学总会时不时地聚在一起谈论明星。"谁投 BY2 一票！"稀稀拉拉地举起了几只手。"谁是杨幂的粉丝！"这次是一片片地手举起来。"谁支持 EXO？"呼啦啦，整个班几乎成了手的森林。

独独我，每次都没有举手。我也在问：为什么？

追星，在我看来是大人有时间有钱才会去干的事情。可我还是个小学生，我也不想在追星的道路上成长。现在，这么多的小学生追星，可是我们为什么不把明星当成我们学习前进的动力、目标，让自己也变成一颗"星"，让将来的小学生都认识我们这颗"星"呢？我在心里反复对自己这么说。

这次，我拿着另一份同学录，迅速在"喜欢的明星"后面写上了自己的名字。此时此刻，我的头脑里闪过了一个个未来的"我"的形象：演技高超的演员、亭亭玉立的模特、歌声优美的歌手、为孩子们写小说的作家、杰出的钢琴家和作曲家、妙语连珠的主持人……

到底哪个才会是我将来真正的样子，我不知道。我只渴望将来闪闪发亮的那一刻……

团结的力量

文 / 李骏飞

今天下午我们学校进行了拔河比赛，我由于体重轻，力气小，没有入选为比赛队员，只好当了啦啦队员。不过不要紧，因为老师说了，拔河是集体项目，重在团结。啦啦队也是比赛的一分子，作用非常大，它的任务是为全队鼓劲、加油，甚至还有指挥的作用。

和我们对阵的是五（4）班，他们队有 10 个体育队的队员，外加 10 个十分强壮的同学，实力远远超过我们。

比赛要开始了，双方队员个个神色严峻，大家都紧紧地抓住绳子，生怕绳子会溜走。裁判员一声令下，场边"加油，加油"声就喊个不停，双方队员也齐刷刷地往后倒，使出浑身力气使劲向各自那方拉去。麻绳中间那个红布条，在双方的拉锯下，一会往这边移，一会往那边飘，一时双方僵持不下，看不出哪方更有优势。双方队员们个个满脸通红，"咬牙切齿"，都恨不得一把就把对方拉过来。每当红布条向哪一边移动一点时，哪边的人群就会爆发出一阵阵欢呼。

对方实力太强了，我们班拔回一寸，对方又拉过去两寸。象征着胜利的红布条，就这样，在双方的拉锯中，一点一点地，逐渐往对方阵营中移去。就在我急得上蹿下跳时，"大家别慌，都听我指挥！一二，加油！一二，加油！……"在关键时刻，班长谢晓雨挥舞着双手站了出来。我们场下的啦啦队，在班长的带领下，原来各自为战的加油声，逐渐汇合成一条洪流，越来越一致，越来越洪亮，完全压制住了对方。这声音既是指挥棒，又好似兴奋剂，我班场上队员也明显为之一振，及时响应着我们的口号。我们啦啦队举起双手，喊"一二"，队员们就站定身子；我们把手朝自己这边一挥，喊"加油"，队员们就拉紧绳子，一起使劲同时往后倒。场上队员在啦啦队的指挥下，逐渐从混乱中摆脱了出来。大家按照赛前练习的要领，一个个脚顶着脚，跟着啦啦队的口号，同时用劲。整个队伍在我们的指挥下，动作整齐划一。象征胜利的红布条，又一点一点地回到我们班这边了。

意外出现的小插曲打乱了对方队伍的节奏，看到自己被慢慢拉回去了，都觉得很不可思议，原来必胜的信心也有点动摇了。信心一动摇，对方脚步就有些零乱，有的队员在用力，有的队员却刚停下。我们班队员则一鼓作气，更加卖力地往后拉……胜利离我们越来越近，越来越近了，就差30厘米了、20厘米了，只差10厘米了……"我们胜利了！耶！我们赢了！"我们大声欢呼着，纷纷击掌庆贺。

论实力，我们不是五（4）班的对手。但在我们班场内场外团结一致的努力下，最终我们还是战胜了对手。"人心齐，泰山移"。是的，只要大家心往一处想，劲儿往一块使，就能产生一加一大于二的力量，甚至还能完成看起来根本不可能完成的事情！

新年迎春曲

文 / 匡天龙

一

又是新春佳节，又是春光融融……

春节，是走向春天的日子。

春节，是充满希望的日子。

将春天的第一缕新绿，嫁接希望；

将春天的姹紫嫣红，缀合理想。

在那苏醒的小溪旁，掬几朵小小的浪花，谱写春之交响乐中的一段乐章。

让我们将所有的一切，都融入明媚的春光里，全部的奉献，是人生的骄傲。

二

岁月带走了严冬，春风将沉睡的时间、闪烁的希望吹醒；迎春的鼓点，节奏急促而蕴含深沉的力量，拨动心的琴弦。

在艳阳高照的祖国大地，力量在紫铜色的臂上凝聚，智慧在目光中显露；情囊装满采撷来的思索、力量和自信，心都将永远在寻觅生活的

愉悦，寻觅美的享受，寻觅对真理、对信仰执著的追求，寻觅那绿色常驻的恬静……

三

喜庆的鞭炮，在天宇上爆出人间千种风情，万般音容。

期待着一片光辉灿烂的天穹，期待着一片繁花绿叶的大地。

耀眼的华灯，张开花朵一般的思想，涌在灯光影中的笑颜，都如江河汇聚流向欢乐的大海；

开在树丛中的灯花，洒在夜空中的烟雨，是吉祥喜庆的向往。

信念推动着改革开放的大潮。打开窗口，呼吸八面来风；踏上征程，擂响热血的歌拍。

春光走进每条街巷、每个村落，装扮每个人的生活。

四

给春天以生机，给青春以纯净。每一片绿叶，都在祝福祖国繁荣昌盛，祝福老人的长寿和孩子的幸福。

为创造一个丰富、神奇、美丽的世界，它把花种饱染云霞的光熠，撒播大地，让人们舒展双眉，欢欣地传播充满活力的信息：

悠久的岁月升华神奇的花冠；

美的生活，是春天活力的信仰。

在一串串的鞭炮声中，满天纸屑飘洒着彩色的童话，满地音符弥漫着殷切的祝福。

让我们在团聚中升起伟大民族的旗帜。我们的伟岸与美丽，将在新春喜庆中闪射出更加耀眼的光芒……

魔 杖

文 / 刘一骄

我有一个愿望，我梦寐以求地想得到它，它在《哈利波特》中扮演着重要的角色，它就是——魔杖！

爸爸下班回到家，对我说："你哥从英国给你带了些礼物。""嗯，是什么？"我平静地说道。爸爸从包里拿出一个长条形的黑色盒子给我。我立即以0.5秒的速度想到：英国？伦敦！黑色长条盒子？一定是魔杖！我的心情再也按耐不住了！我看到盒子侧面印有"HARRY POTTER"字样！我对我的想法更加肯定了。爸爸又从包里拿出一个六角体盒子，我没有迟疑，吃惊的叫道："巧……巧巧巧克力蛙？！"我惊呆了，巧克力蛙是电影里的魔法食物啊！我现在终于颤抖着手打开了黑色的盒子。

这是一根细长的魔杖，长约为28厘米，和电影中的魔杖一样。分为三段：第一段最粗，同时也是手柄，这手柄看上去像一棵大树的主干，坑坑洼洼，很粗糙，但拿起来有种光滑之感，这段占全长的1/3；第二段稍细些，光滑些，但也有点凹凸不平，占全长的1/5；而第三段又细又长又光滑，摸起来很舒服。整根魔杖体现出了由粗到细，由深棕到浅棕的变化。但最让我看中的是，这根魔杖竟然是主人公哈利波特的！啊！太感谢哥哥了！

电影中，哈利波特的魔杖材质为冬青木，内芯为凤凰羽毛。冬青木的特性是精确，因此常被视为战斗、保护、与邪恶的对抗的象征；又由于冬青是常绿植物，所以也代表了持久和忍耐。希望这根魔杖，真的能为我带来这些优良品质！

"神蝇部落"来袭

文 / 范开源

落叶飘零，冬天悄然而至。不知不觉间，我们已供暖的教室里，也暂住了一些小小的"客人"。

那天上数学课，老师正放着大屏幕给我们做题，没想到屏幕却瞬间发生改变，向后自动跳了一页。

"啊？"惊疑的声音在教室四周循环着。

老师也听闻同学们的集体骚动，猛然抬头，严肃道："怎么了？王某某，赶快答题！"

可是老师看见的，却是一双双疑惑的眼睛。

老师这才发觉有些不对劲，顺着同学们的目光看去，发现了屏幕的诡异现象。尽管他也有些摸不着头脑，但还是很淡定地转换界面。

蹊跷再次发生！

老师刚刚转换的界面再次变换，而且还直接往后跳了两页！但这些，背对着屏幕的老师却浑然不知。

"啊？"

"怎么回事？"

"难道是天意不让我们上课？"

"不会吧，是不是有人在施法？"

"难道是主控电脑的问题？"……

同学们本来集中的精力瞬间分散，议论纷纭。

"又怎么了？屏幕可是没……没……"老师很不解。

他一转头，又发现了屏幕的异常。老师挠挠脑袋，尴尬地笑了几声，摆弄了几下电脑，没发现异常，就走到屏幕前，上下观望，希望能发现一点蛛丝马迹。

"哼！"老师手一伸，抓住了屏幕上的一个黑点，"别吵，安静！只是一只苍蝇而已！"

说着，还没等同学们反应过来，他就松开手指，苍蝇瞬间飞离。

我笑了，看来老师深知大棒加萝卜的道理啊！

知道是苍蝇在作怪，同学们长吁了一口气。

"嗨！我还以为有鬼呢……"

"是啊……我……"

老师第 N 次制止："安静安静！Stop！！！继续讲题！"

同学们再次集中精力。

然而……

让我们大跌眼镜的是，没过五分钟，苍蝇再次降临，老师在一片哄堂大笑中尴尬地再次赶走苍蝇。

几分钟后，苍蝇第三次登陆，第四次，第五次……

苍蝇锲而不舍的"英勇举动"深深感染了我们，被我们亲切地称之为"神蝇"。

"哈哈哈哈……"当神蝇第 N 次落到大屏幕上时，小刘再也忍不住了，笑得满脸通红，上气不接下气："哈哈哈……哈哈……神蝇嫌外面太冷了……没得可干……进来给我们一块儿学习了……哈哈哈哈哈哈……"

小刘的笑声仿佛一根导火索，全班都炸了营。老师终于忍无可忍，脑袋上冒起了"火焰"，挥手赶走苍蝇的同时，另一只手以迅雷不及掩耳之势伸向神蝇，两指一并，神蝇第二次被捕。

"哇——老师好厉害！"

"啊！老师您练过无影手吗老师？"

"老师是隐居的高人！小隐隐于林，大隐隐于市，武林高人隐于学院附中！"

"哈哈哈……无影手老师……哈哈哈……"

"老师您上！我顶您！"……教室中爆笑声不绝于耳。

在同学们的力顶之下，老师"武功"也好像更高强了，得意扬扬地望着手中一动不敢动的神蝇，手高高抬起，"斩首——"说着，他手一捏，一代神蝇，死于非命。

"哎……"无奈的摇头，我们从大笑中缓过神来，甩甩头，集中精力，继续新的课程。

下午第一节，安全课。

我们正看着《平安365》纪录片，屏幕突然一变，片子瞬间关闭，返回桌面！

"神蝇？不是挂了吗？"同桌小丁疑惑地道。

突然，桌面被一个巨大的黑影所代替。从外形上看，好像一只巨大的苍蝇，正在鼓动着翅膀。

全班鸦雀无声。

"啊！苍蝇落在投影机上了！"电脑管理员小尹瞬间反应过来，大声喊道。

"苍蝇？神蝇？不对，是神蝇二世！"小李愣了一下，哈哈大笑。

全班哗然。

Of course，"神蝇二世"在安全老师"肉山挤压"的进攻下，毫无疑问地步了"神蝇一世"的后尘。

　　但随着"神蝇二世"的再次覆灭，又不断有"神蝇三世""神蝇四世"等出现。而"神蝇部落"的横空出世，给我们的学习生活增添了些许的乐趣，也让我们不再疲惫，仿佛一阵和煦的春风，拂过我们的脸颊，带给我们一丝清爽。

生命的抵达

文 / 范开源

世间万物，都有盛衰兴亡，像是一种许诺，告知生命的抵达。

——题记

走下冗长的楼梯，推开大门，深吸了一口新鲜的空气，望见了远处金黄的落叶。

捡起一片落叶，上面的每一道纹路都仿佛在向我诉说着它的故事，它的一生。

它也曾有过青春，也曾有过茂盛的年华，但世间万物都有着自己的盛衰兴亡，仿佛约定好了似的，在生命的尽头，告知生命的抵达。

落叶抵达了它的生命尽头，不盛不乱，姿态如烟，从枝头飘下的是它的灵魂，也是它新的希望。第二年的春天，在它，和即将到来的更多的伙伴们的养育下，会有更多更翠的新叶出生。而后，再次告知生命的抵达，如此以往，如同轮回。

而我们，不也正如此吗？人生苦短，青春易逝。些许年后，垂垂老矣的我们，是否会像它们一样，许诺告知生命的抵达？

抵达，不仅仅是一种结束，也是一种超脱。人生路上，年少轻狂，中年敦实，老年沧桑，一路走来，身上背负着太多的责任和重担，年少时叼着草叶斜躺在洒满阳光的草地上的情景，再也没有。抵达了人生的彼岸，也是抵达了一种境界，一种新的体悟，另一种不同的人生。

抵达，或许是爱，早已皈依了安宁；或许是痛，早已回归了幸福；或许是心灵，早已无怨无悔。只有一颗纯洁的心，通澈地去等待，肩负着应负的责任，披荆斩棘，走过千山万水，蹚过茫茫人生路，才能抵达忘川河的彼岸，欣赏到那如梦如幻的彼岸花。

我释然一笑。

那片落叶，还躺在那里，等着遇到下一个发现它的人，每一条纹路，便再次讲述它的故事，告知，生命的抵达。

做"坏事"的滋味

文 / 余果

"好少年呀好少年！好少年呀好少年！亲爱的少年队员们，让我们一起，争呀争当……"最近在发奖时，学校总会放这首歌。什么才是好少年呢？当然就是爱护环境、懂礼貌、尊敬父母、孝敬长辈……可是我却做了一件事，这滋味真是不好受啊！

"老师再见，谢谢老师！"终于放学了！我欢喜地向妈妈跑去，并做出一套标准而流利的动作——把书包放下递给妈妈，再翻开妈妈的包，看看有什么零食。嘿嘿！我从妈妈的包里找到了十多块饼干。

妈妈背着书包在前边飞快地走，我在后边悠闲地边走边吃。虽然路边有很多个垃圾桶，但我好像没看见，吃完了就把包装袋随手扔在了地上。很快，地上就留下了一串"小脚印"。

快到家了，我和妈妈走进电梯。再看看妈的包里，嗬！就剩下一块饼干了！它静静地躺在那里，圆圆的肚子把"小衣服"都撑满了，看得我馋极了！于是我立即拆开了包装袋。趁着别人不注意，我把包装袋扔到身后的角落里。那个包装袋还在空中翻了一个跟头，可怜地向我招招手，最后又可怜地落在了地上。我可顾不了那许多，三下两下就把那美味吃完了。"叮"，电梯提示我们到了。于是我拍拍手，大摇大摆地走出了电梯，却忘了那孤单的包装袋。

第二天我去上学时，又走进了那一部电梯。令我十分惊奇的是，那个包装袋竟然还躺在那个角落里。它仿佛是看到了救星，使劲招手引起我的注意。我此时此刻感到万分羞愧。等电梯里的人都走了，我才默不作声地捡起它，丢进了垃圾箱。这时的包装袋感激地看了看我，因为它回到了它的家，和它的朋友在一起。

在上学的路上，我又回想起了昨天的画面——羞愧又一次包围着我。昨天一放学我就把书包递给了妈妈，还乱扔了垃圾，这是一个好少年应有的表现吗？

"好少年呀好少年！好少年呀好少年！亲爱的少先队员们，让我们一起，争呀争当……"这首歌一直在我耳边回荡，因为它是一个警示，一个向前的动力！

吓人的鬼怪

文 / 刘一骄

从小，我就害怕黑夜。因而，我对鬼故事有抗拒心理。因为鬼故事发生的时间一般都是在半夜 12 点，无论中国的鬼怪，还是西方的鬼怪，都是这样。而鬼通常又喜欢待在黑暗的角落。所以睡觉前，我会控制住自己的眼睛，不看黑暗处，更会控制大脑，不去想那些与鬼有关的字眼，免得"鬼"这个字闯入我脑海，如果脑海里有了鬼的念头，就会一发不可收拾，吓得我睡觉不敢熄灯，甚至一闭上眼，就会感觉到鬼怪隐藏在窗外暗处。

与同学们在一起时，只要有人一讲鬼故事，我就会远远地避开。在读故事类课外读物时，凡是有鬼故事的书我都不敢看。没别的原因，就是因为我讨厌黑暗。

世界上的动物千奇百怪，无论它有多恐怖狰狞，我都不惧怕，可黑暗和夜晚对于我来说，比恐怖狰狞的动物，更令我讨厌和惧怕。

大概在我五六岁时，一次看电视，我记住了这样一个画面：一个又大又高又壮的男人的影子印在地板上。虽然这画面是如此的简单，但这个画面却整整困扰了我一年！不知是因为影子是灰黑色的还是因为那个地板是黑暗的。总之，有黑暗，就能给我留下恐惧的阴影，就会让我自然而然联想到鬼怪。以至于每当我在一个地方住宿，我肯定会把那个地方周围所有的灯全部打开；甚至在走路时也会把沿途的灯全部打开，晚上睡觉也一定要打开台灯。这是因为从小到现在，鬼故事给我留下的阴影。我一直认为，只有光明会给我带来安全、舒适、快乐！所以，我也怕走夜路……

虽然妈妈多次告诉我说，我是自己吓自己，但我仍害怕黑暗。

渐渐地，我从课本上懂得了"为人不做亏心事，半夜不怕鬼敲门"的道理，也知道了其实世上根本没有鬼。现在，我已经不怕黑暗了，在睡觉时不再通宵亮起台灯。

传口令

文 / 王俊逸

俗话说："不以规矩，不成方圆。"我们的身边有许许多多的规则，就连游戏也是如此。

今天第一节课是语文课，我已做好了上课的准备，可王老师的举动让我和同学们大吃一惊，因为王老师让我们玩"传口令"的游戏。当王老师讲"传口令"游戏的规则时，我心里特别的紧张。可是我强迫自己平静下来，认真地记下了王老师说的所有规则。

在我们的千呼万盼中，"传口令"游戏终于开始了。王老师把纸条给了每个组的第一位同学，我心想：他可不能错呀，他错了，我们这组可就全错了。就在我思考时，我前面的廖楠接到口令后，马上到我面前说出口令："每天早上8点10分准时到校。"我全神贯注地听廖楠说着，同时在心中也记住了这句话。我顺利地把口令传给我后面的同学，同时在心里暗暗祈祷，我们这组一定要胜利，这是我们小组的荣誉，我们要为荣誉而战。在我的忐忑不安中，我们组的口令很快传到了最后一位同学，他大声地说出："明天早上8点10分准时到校。"我听到这口令，顿时如一盆冷水从头浇到脚底。完了，完了，一个简单的口令他竟然都说错，我们没有得到第一名全都怪他。我心中的怒火直往头上冒，我的眼神变成了锋利的刀子，往他身上千刀万剐。可是，无论我心中怎么样难过，怎么样生气，都改变不了我们小组失败的命运。

规则像一根无形的铁链约束着我们的言行，我今天玩了这个游戏，更加感受到了规则的力量。

蜗牛教给我一种精神

文 / 周欣吾桐

雨后，草地湿漉漉的，散发着一股臭味。天空灰蒙蒙的。我慢慢地走在小路上，心头的沮丧在我心中不断地弥漫开来，怎么也难以挥散。

期中考试一个小失误，我被推到前十的大门之外。我痛哭流涕，不断地责怪自己：为何不仔细一些？然而，一切都没用了，在我眼前出现的始终是我的一张糟糕的成绩单。

我失落地走着，凉风冷冷地扑面而来，雨滴落下，发出了细微的丁零声，却沉重地敲在我脆弱的心头。我叹着气慢慢坐在了半湿的长椅上，愣愣地望着前方。而当我的手刚触碰到冰冷的椅子时，我感觉到了一个生命在我指尖微微颤动着。我回过头，警惕地一望，天啊，竟然是只蜗牛。我赶紧收回了手，生怕碰伤了这个小生命。

我小心地低下头去。蜗牛很小，只有小拇指的指甲壳一般大小。它正小心地向前挪动着，背上的"小房子"呈棕黑色，上面的螺纹清晰可见，好似一件精美的工艺品。我伸手轻轻碰了碰蜗牛的两只小触角，小蜗牛一下子缩回了脑袋，好像在紧张地张望着，但很快，它又伸开了身体，继续向前走。

我好奇地看着这只小蜗牛，心里想着：这么小的蜗牛，它会去哪里呢？

蜗牛走得很慢，沿着石椅冰冷的石板爬行。它走着走着，不小心碰上了石头。我想，在蜗牛的眼中，这一定是个无比巨大的庞然大物。蜗牛先是一愣，用触角摸索着，探测着前方的障碍。随即，它缓缓地向前倾斜，将前身抬起，准备向前进发。但不知是蜗牛的小背包太重了，还是雨后的石头太滑了，小蜗牛一次次地从石头边沿滑下。我心里万分着急，很想用手帮助它脱离险境，这时小蜗牛又一次爬上了石头，它的触角紧紧绷着，身子吃力地匍匐向前。终于，在一声轻微的撞击声中，蜗牛越过了这座小小的山峰。我的心也平和了下来，为小小的蜗牛感到快乐和高兴。脱离险境的蜗牛好像什么事也没发生，又继续不紧不慢地向前走了。

蜗牛爬进了草间，越走越远，黑棕色的外壳在草丛中若隐若现。雨后的太阳也露出了脑袋，阳光洒向人间，洒向青草地，泛出了一片美丽的光芒。我注视着即将消失的蜗牛，就像注视着一位远征的士兵渐行渐远。蜗牛是那么卑微，却又是这么伟大。它让我的心灵再次受到了深深的震撼。

阳光总在风雨后。收拾好心情，我走在了回家的路上，心中不再是沮丧，而是充满坚强与活力，充斥着满满的奋斗的力量。

友谊的"利息"

文 / 余果

学校里又开展了义卖活动。一上完合唱课我就向操场飞奔了过去。我心满意足地选好了书从口袋掏钱时，傻眼了——口袋里只滚出来一个五角钱的硬币。

"这可怎么办？我选了这么多书就不买了吗？"我心里凉了半截。突然，一个女同学匆匆忙忙地走了过来，她是我们班的。看来我的这些书有救了！我快步走上前，"哎，你可不可以借我一点钱呀？"她想了想，然后说："谁叫我们是好朋友呢？这样吧，我借你两元钱，你明天只要再多还我一元的利息就行了！"她把两元钱放在我手上，便扬长而去。我看着她越来越小的身影，心里蛮不是滋味：什么？借两元还三元，这也太不够意思了吧？这算什么朋友？太坑爹了吧！

要买我选好的那些书，这两元钱还远远不够。我眼巴巴地看着那便宜又精彩的书，心里却又在想那可恶的利息——我到底还要不要借钱来买书？就在我拿不定主意的时候，一张崭新的五元钞票轻轻地放在我的手上，我抬头一看，原来是隔壁班的一个女同学。我不好意思地看着她，迟迟说不出一个"借"字。她爽朗地说："你不是没钱吗？我借你五元钱，明天还我不就行了，又不是很多钱！"我支支吾吾地说："那利……息……""哎呀！你说什么呀？谁说要利息了？你快去买书吧，都要被抢光了！"刚说完，她就一溜烟跑开了。"多好的女孩呀！"我紧紧攥着这张还留有温热的五元钞票，心里一下子竟然有很多感慨："虽然，这五元钱并不算多，我却感到很温暖。这种真诚的帮助才体现了真正的友谊啊！这没有利息的'利息'，是用钞票无法衡量的呀！"

　　真诚地帮助别人，必定会给世界播撒许多爱的种子，给这个世界带来更多的美！

岁月是个撕书人

文 / 彭雪茹

树林传来了揉叶子的声音
那是秋天的手指
阳光把墙壁刷暖和
夜将它又吹凉了

静谧的小城
不受世事干扰
顶多冬日飘一场银雪
在打盹的扁舟上

岁月是个撕书人
把故事章节塞入每一扇窗户
开几朵微笑 是鲜花
流几滴眼泪 是雨露

飘着风信子和薰衣草的春日
素衣老妇推开了窗
石桥上
少男少女牵着手 互道早安

荷塘里的莲子终于开花了
在盛夏的时候
枝头的蝉鸣
没一刻 消停过

远处
婚礼的钟声响起
在绿草如茵的阳光下
有迷途的鸽子
停在了异乡人的肩上

秋天把旧叶子揉碎了
你要听新故事吗
静静河水眯着眼
总有离岸的舟
还有归家的人

年少的孩子如春天的风

文 / 刘启聪

很乱，很乱的头发遮不住你那双明媚的眼
你一个人坐在阳台边
别人说这是一种孤单没有一群人的狂欢
谁知道你一个人多想找个伴

阳光抚过那张稚嫩的脸
才知道你原来是一个明媚的少年
不禁让我想起了一句话：年少的孩子就如春天的风
可这时已入冬
他的脸冻的通红不曾抬头看那碧蓝的天年少的白云
年少的他们但白云却不和他们沾过边
静看一会儿原来白云和他们离得很远
因此年少的孩子就如春天的风不为谁曾改变

青春驿站

同 桌

文 / 万亿

一

十三岁，是含苞待放的花季。我坐初一的教室里的最后一排。进校不到一周，我就被评为校花。成绩好是一方面，我还能说一口流利的英语。

在学校举行"英语角"口语比赛中，我拿了第一名，于是，红了。

其实，只要我愿意，可以坐在教室的任何一个座位上，因为我深得老师的喜欢。可是，我还是选择了最后一排座位，理由是空间宽松。

跟我同桌的名叫刘留，长得虎头虎脑的，稍显胖了点。笑起来还有两颗调皮的小虎牙，女生们不太喜欢他，他上课不爱认真听讲，喜欢看一些稀奇古怪的小说，英语老是不及格，我俩坐在一起，英语老师总爱别有用意地感叹："这就是鲜明的对比啊。"

不过刘留也有仗义的一面，教室后面有道门，常常有其他班的男生，三五成群，站在门口对我指指点点："看，那个就是校花。"

每当这时，刘留会自告奋勇地跟我换个位子，他坐在门口，用犀利的目光狠狠地赶走他们。

二

老师衡量学生的唯一标准仍停留在分数上，可是，刘留身上有很多他们看不见的东西，大人们总是带看厚重而又畸形的有色眼镜看待小孩。

刘留能够写一手漂亮的好文章，还能背诵许多美得让女生心醉的好诗句，而我最喜欢听他讲一些世界各地千奇百怪的离奇故事。

刘留是个善解人意的男孩，他喜欢开玩笑，并不招人讨厌。我难过的时候他会用肘尖捅捅我，然后一脸关切地问："你今天又不开心了，对吧？是谁又欠了黄世仁的债不还，我帮你找他去。"

"你才是黄世仁呢。"我捏紧拳头在他后背敲打。

"哦哦，免费敲背啊，再来两下。"他竟然还在笑。

渐渐地，小小的好感积累起来，我开始崇拜他了，我这个每次考试都是第一名的好学生除了书本知识，别的什么都不懂，什么都不会。

后来，我俩经常一起去学生食堂打饭，总会引来无数同学异样的目光。

刘留是个善解人意的男孩，每次我接听电话，他都会走得远远的。

"是我妈打来的。"我不介意地说。

"我怕挡住了你的手机信号。"他的回答令我捧腹大笑。然后，他把自己饭盒里的回锅肉全倒给我，只吃白饭，并发誓要减肥了。

"你是应该改变一下自己的尊容了。"我微笑着鼓励他。也算是感谢那份回锅肉。

三

学校门口新开了一家奶茶店，同班的秦淮请客，好多女生都去了，我也按时赴约。

秦淮神经兮兮地问："你喜欢那个胖子？"

"你八卦啊？"

"看来，校花的口味也不怎么样啊。"

"喜欢又怎样，不喜欢又怎样？"我的回答令她觉得雷人。

"啊，哈，不会是真的吧？"秦淮嘴巴张得很大，似乎想把我一口吞下去。

"你喜欢他什么？"她还真穷追不舍了。

"看过《幻想数学大战》吧，记得凯伊和知修怎么说的？"

"哦，好像有印象，说来听听。"

"我们是哥们儿！明白不？"

"原来你与他是哥们呀，怪不得。哈。"她笑得有点怪怪的。我知道她不信。

男女同学之间，只要哪个女生与哪个男生多接触几次准会传出八卦新闻。甚至用来当笑料。

真是说曹操，曹操就到。忽然，刘留莽莽撞撞地冲了进来。他气喘吁吁地说："子涵，我爸出事了，帮我请个假。"

"严重吗？"我情不自禁地站了起来问。

"不知道，听说是从楼上摔下来的。"他火急火燎地走了，把一大摞书留给了我。有《红与黑》《茶花女》《席慕容诗集》，还有几本青春小说。

秦淮看着刘留的背影说："啧啧，真是个多情郎。"

我的心突然变得很失落，就像嘴角沁入的冰草莓圣代，从舌尖滑入心底，渗透着冰凉。

之后，我只有一个人孤单地坐在教室的最后一排，一个人看着太阳每天东升西落，那样地失望，每每这个时候我总会想到刘留坐我旁边，他上课偷偷看小说，英语老师走过来时，每次都是我提醒他。每次看到他那副惊慌失措的神态我就会忍不住发笑。他见我笑他，自己也像傻瓜一样笑，还有那两颗调皮的小虎牙。

我说："总有一天我会拔了这两颗小东西。"他还是傻笑："那我就换成金的。"

四

过了大半年，校门口奶茶店的店招换成七杯茶，圣代也换成了薯条，可我们还是经常去光顾。

一天，当我随着拥堵的人流走出校门时，突然眼前一亮，马路对面站着的不正是我的同桌刘留吗，我被裹挟在汹涌的人流里，目不转睛地看着他，他大概也看到了我，傻傻地笑，还露出那两颗调皮的小虎牙。他比原来整整瘦了一圈，还剪了一头新潮的碎发，个头长高了，人也英俊了。

真的是刘留。他回来了。

我向他挥了挥手，动了动嘴唇，却不知道说点啥好："刘留！"

他竟然大胆地握往了我的手，那么紧，我用力甩，想往回抽，可纹丝不动，只听他脱口而出："Will you still be my deskmate？"

哦，天那。他竟能说出这么标准流利的英语？！以前，他英语作业都是抄我的，口语一句也不会，而现在……

晶亮的瞳仁散发着自信的光芒，他把脸凑过来，小声地说了句："你还愿意跟我同桌吗？"

"哈，当然，当然。"我兴奋得有些受宠若惊，脸像陨石一样灼热，整个身体都快僵硬了，心却在不停地狂跳。

各课老师对刘留进行了测验，令他们吃惊的是：刘留的成绩都超常的优秀。我问他："你得到多啦 A 梦口袋里的魔法宝盒啦？"

他轻轻叹了口气说："天降大任于我，只有苦我心智，劳我筋骨，发奋自学了。"

在我的软磨硬泡下，他才透露了一点点，他的父亲在广东的一个建筑工地打工，脚手架垮了，人摔成了残废，父亲跟他说，儿子，你现在是家里唯一健全的男人了，以后这个家就全仗着你啦。于是他一边照顾父亲一边自学。

他苦笑着耸了耸肩："我不算太笨吧？"

"不笨，就是有点傻，不过傻得还蛮可爱的。"

他脸红了，红得像只竖直了毛的大猩猩。

后来，他还告诉我，他正在写小说，主人公就是我。

"别把我写得太坏啊。"

"傻子偷乞丐的钱包，被瞎子看到了，哑巴大吼一声，把聋子吓了一跳，驼子挺身而出，瘸子飞起一脚，通缉犯要拉他去公安局，麻子说，看我的面子算了。这全是我描写你的光辉形象。"

"我恨不得马上把你撕碎。"

"哈哈哈……"

瞧。这就是我的同桌，一个让我欣赏可又看不透的男孩，刘留。

挫折，不能没有你

文 / 张紫静

隔着落地窗，灰色的窗纱随风摇晃着，窗外的霓虹灯照映着车水马龙的街道，他站在这里，仿佛想到了自己以前走过的路……

小时候，家里很穷，爸爸妈妈要抚养三个孩子，家里欠了很多债，三个孩子的学业更加重了家里的负担。面对这一切，他作为长子，不得不选择了辍学，他帮着父母一起干活，那一年，他十岁。爸爸因身体不好，患了病，万般无奈之下他带着仅有的一些钱去了广东，他才十五岁，去到一个陌生的地方，一切都不适应，他开始害怕，不敢去闯，但是一家人的经济来源还要靠自己来维持，他只好去找工作，因为年龄的缘故，他被很多家工厂、超市拒绝，最后他只好去了一家违法经营的餐馆打工，每月工资只有五百元，并且他还要忍受老板的斥责。刚开始，他拼命的工作，一再地控制自己的开支而多给家里寄钱，就这样，时间一晃而过，家里的孩子靠着他的钱勉强撑到了中学，他们都有能力去打临时工，保证自己的生活，在外的他也少了一些负担，他开始慢慢地攒钱，尽管生活很艰苦，他也坚持着自己的梦想，他喜欢玩具，他一直梦想着自己能够有一家自己的旗舰店，但是理想很丰满，现实很骨感，他几度碰壁，理想像大海中的帆船，看不到边。一个噩耗几乎打碎了他的梦想，他的母亲病重花光了他所有的积蓄，自己又丢了工作，焦头烂额的他想到了自杀，可是，他不甘心自己就这样结束自己的人生，终于在很多有心人的帮助下，他挺了过来，生活似乎也验证了这句话：先苦后甜。他的第一家简陋的玩具店开张了，很多人都来祝贺他，这也许是他最开心的一次。不管付出了怎样的努力，都成功了。现在他的店面扩大了好几倍，也开了几家连锁店，家中的生活也蒸蒸日上，但是他不会忘记因为曾经的挫折人生才有转折点。

面对如今的生活，那些磨难似乎都随风逝去，但又历历在目，汗水、泪水交织在一起，却也获得了现在的成就感。泥泞的道路沾湿了裤脚却让脚掌更加厚重；粗糙的工作使双手布满老茧却让人生更加充实。挫折，生活的添加剂，磨练了意志，洗刷了心灵。

窗外的一切在眼前闪过，嘴角荡漾着会心的微笑，他明白，人生本应该如此。

夜读偶记

文 / 匡天龙

种一个心愿在年轻的生命里，让它随着青春的呼吸一起摇曳多姿一起蓬勃，长成青春嘴角缀着的那枚微笑。

种一个理想在人生的旅途中，让它与时代的航帆一起乘风破浪一起奋进，以雕塑的姿势高举理想的旗帜，亮丽生命的含义。

"路漫漫其修远兮，吾将上下而求索"，遥古的疾呼声一直萦绕在那颗流淌着年轻的血的心里、梦里、不羁的灵魂里。于是，寻寻觅觅、众里寻她千百度；在烛光轻摇里几度春夏秋冬，不辍耕耘，走过那段孤身只影的羊肠小道，终于披上了天使的白衣。那时，觉得以往所有的孤寂，所有的默默耕耘的日子都灿烂了，美丽地盛放于生命的历程里，成为永远的心香、温馨一生的记忆。但悬壶济世、情暖人间，不仅仅需要热情和决心，更需要灿烂归于平静的淡泊、锋芒臻于化境的圆熟，只有当那双手能够和风化雨，润物细无声，让人间的疾病消弥于无形，才能无愧于自己，无愧于白衣天使的称号。

悄悄地收起所有神采飞扬的记忆，重新背起行囊，以朝圣者的姿态，朝迎晨雾晓曦，晚送暮霭落日，在晨夕寒暑之间兼行，在视触叩听中揣摩和体味。外面的世界精彩地在视觉里斑斓多彩而缤纷闪烁，在听觉里轻声柔语而演变幻化；但既然选择了悬壶四方，就选择了不停留的求索，就得对自己负责、对生命负责、像神农尝百草而知药，像李时珍行华夏大地而得药，尽自己的职责、把从潘多拉魔匣里逃逸出来的瘟疫收回去，不再让它在我们的朗朗乾坤里肆虐，还我们一个文明的世界。于是，错过了山花烂漫时节的行云流水、和风细雨，却无怨无悔；错过了大千世界的奇闻异谈、灯红酒绿、莺歌燕舞，也无怨无悔。在霓虹的边缘，在旋转舞台的夹道，在讥讽的目光背后，用信仰拐着自己那颗不屈的灵魂，唱着自己的歌谣向前行，绝不回头，义无反顾。因为，梦在远方，今天的太阳落下了，明天又将还我崭新灿烂的一轮，何况，晚上的月光伴我静静地绚烂着，星星也会为我点盏不灭的灯，照耀着前方……

随着韶华流转、季候轮换，寸寸光阴在孤寂中沿字里行间咀嚼、品味，逐渐在反复的梳理中缕缕清晰、丝丝入扣；在一次次走近临床、走近病人，视触叩听，反复体会反复求证中点点顿悟，滴滴汇聚心头；镜子里那个披着白大褂妙手回春的影子也越来越真切，越来越亲切，仿佛就在眼前微笑自语……

同　桌

文 / 宋语涵

　　他和她是同桌，就是那种在生物学上称之为'捕食关系'的那种，或者也可以叫做'天敌'。见到他的第一眼，一向讨厌喝咖啡的她脑海中突然浮现某个知名的咖啡品牌，于是乎，每每他和她吵架的时候，她就会大声地说："哼！瞧你那头发吧！乱得都可以用某知名咖啡品牌来形容了！"他立刻反驳，"切，你那头发也不咋地啊！清汤挂面一样！！！"她被堵的说不出话，心里委屈地大叫：'人家那是自然直嘛！'从此，她在心底给他打上重重的标签：'神经质！'

　　他和她依旧是同桌，上课时，他们是'竞争关系'。他是叱咤风云的'数学王子'，而她，是才华横溢的语文课代表。但是，数学王子也有不会的语文积累，身为语文课代表的她也有不懂的数学题。于是，只有红着脸、不耻下问地捅捅身旁的她（他）："这个…怎么做？"被问到的人心里美得冒泡泡，但脸上还是摆出一副严肃的样子："你看看，你看看，不会了吧？这就是你骄傲惹的祸！"然后极其自然的无视对方因无奈而翻出的眼仁。但不管怎么样，到最后还是会耐心地给对方讲解。他和她在这个时候都会暗自给另一个人加分：'恩，有时候，她（他）还不错的嘛！'

　　他和她依然是同桌，不过性质已经转变为'合作关系'。体育是他的长项，而她恰恰相反。于是，课间的操场上，便会有他不厌其烦的指导她该怎样做的身影。这时，满头大汗的她便会歉意地对他说："对不起哦，这么多的我还不会。"他却满不在乎地摆摆手："没事儿！"然后继续。

男孩子的他，最大的缺点就是粗心。但每当他大汗淋漓地从操场上跑回来，然后满屋找水时，总会看见桌角上他的杯子里装满着温水，还有一脸'我什么都不知道'的她。他感激地笑笑，抓起杯子就灌，然后会被水呛得剧烈咳嗽，然后她会状似不经意地递过手帕来。

"同桌我错了，您大人有大量，饶了小的吧。"一天，他小心翼翼地凑了过来。

"怎么了？"她一脸奇怪的样子。

"钢笔……"他拿出被他不小心压得支离破碎的她的钢笔。

"啊！！！你你你你……"她气得说不出话来。

"不然，我赔一个吧……"他嘟拉着脑袋。

"算了算了。"

"那个，同桌啊……我，你……"

"你到底想要表达什么？"

"不如，我们做个朋友吧。"

春风里，她的笑容如阳光般明媚，"我们，不早就是朋友了么？"

那年十七岁

文 / 刘树江

　　淡淡的月光下，静悄悄的果园里散发着诱人的香味，一个个苹果在枝叶中探头探脑，向我微笑，招手。我极力控制住紧张，一边给自己打气，一边小心地采摘，生怕弄出什么动静。

　　明天学校就要放假了。同学们都兴奋地外出采购，为回家做准备。我除了回家的车费已身无长物，给辛劳的父母带什么礼物？我忽然想到了学校紧挨着果园。果园是我们这所中专学校的劳动基地，我对那里的一切太熟悉了。眼看着苹果一个个由小到大，由青涩变得红彤彤的，探头探脑像顽皮的小孩子在逗人玩。经过激烈的思想斗争，我给自己打气：就摘几个孝敬父母，算不得偷，陆绩怀橘还传为美谈呢！

　　"千万别让人碰上！"我匆忙摘了几个苹果放进口袋刚想走，一道手电光照过来："谁？别跑！"

　　我脑中一片空白。稍一镇定，见是人称"铁面人"的学校值勤干部肖震天。我知道求情也没用，只能木然地按他的要求行事。心里一遍遍念叨：完了，这下完了。

　　我木偶似的被扯到值班室，肖震天拿出审判官的架式问我是哪个班的，为什么半夜出来做贼，见我不作声，便狠声狠气地说："老实待着，别以为不说话就拿你没办法，我先汇报带班的刘副校长，让他找老师来处理！"

幸亏是半夜，师生都已入睡，不然不知会有多少看热闹的人。可一想到刘副校长来了，肯定轻饶不了，弄不好要在全体师生面前作检讨，还要背个处分，今后这脸往哪里放？这学校还怎么待？当时我为自己设想无数种未来，真恨不得有什么特异功能让自己从这里消失。

刘副校长来了。他平时不苟言笑，一举一动都中规中矩，对师生要求也十分严格，连生活中的一丁点小事都是要纠正。每次去果园劳动，他总是给我们讲锦州战役的时候，战士们又累又渴，可面对抬手就能摘到的苹果却一个也不动，今天这事……我惭愧地低下头不说话。

"这学生年龄不大，人可死硬，都人赃俱获了，到现在一句话也不说，校长你来问！"肖震天上前拉我。

"轻点，别莽撞！"刘副校长制止了肖震天，"我来看看！你说的赃物在哪里？"

"这不，都是在口袋里，好几个！校长来了，你还硬！"见我不说话，肖震天插嘴。

"对待错误要惩前毖后，治病救人，但也决不能姑息迁就！"一听校长这话，我心里暗想：碰到茬上了，肯定轻饶不了。

"对！对！"肖震天连忙附和。

"咦——，你——"刘副校长和我对视，认出了我。那天下午打扫卫生，我从成堆的垃圾中往外拣牙膏皮，刘副校长看见，问我何用，我说这个扔了可惜，回收可以卖点钱，也算是废物利用。刘副校长问我为什么这样做，我不好意思地说攒钱给弟弟买本子用。他深深地看了我一眼。

"怎么回事？唔，对！对！你看他的眼神还睐瞪着，还没完全醒过来，肯定患有夜游症！还好，被你发现了，不然，很容易出危险！"刘副校长顿悟一般地说。

夜游症？！我几时有过这毛病？我立刻明白了刘副校长的用心。天哪，没想到事情会出现这种结果！虽然在黑夜，我的眼前立刻升起了一轮灿烂的太阳。

"怎么可能？这……"肖震天心有不甘。

"夜游症多数是心理原因造成的，别惊吓了他。还有，千万别告诉任何人，免得给他造成更大的心理压力！这样吧，交给我，明天我安排找人给他诊治一下！"刘副校长认真地叮嘱肖震天。

事情就这么结束了，我有点不相信。

"走吧，"刘副校长拉起我，直送到宿舍附近，"小心点，别影响他人，快去睡吧！"

回头看了一眼刘副校长，我心里似乎有千言万语，但又不知从何说起。从此，我的"夜游症"再没犯过。

那年，我 17 岁。

献给我和我的时光

文／胡子睿

如果时间能够停留在那个初夏，停留在那个静谧无声的夜晚，停留在等待破晓时的那个黎明。如果记忆能够想得起那些片段，如果记忆未曾将那些遗忘，现在的我会不会沿着想象的路线走下去？

那些让你曾经挣扎万分的，让你痛彻心扉的，让你无法自拔的，现在已不能再触动你一丝一毫。那些你曾经以为最无法忘却的记忆，大多数也随时光烟消云散了。那些你曾经以为最重要的人，现在很可能早已不在你的身旁。

哪怕昨天的记忆多么冗长，多么纷杂甚至让你觉得无法接受，但那些确实在你的生命中上映过，你也确实用你的双脚走过了那些漫漫长路。

有没有一个瞬间会让你绝望，让你迫切地想从这个世界上消失，让你痛到连生命都可以舍弃。你难过到感觉撑不下去了，时间已经凝固，不再流逝。可是，当一道光打破黎明的黑暗时，你会发现，你根本没有那么重要。你没有重要到会让时间停留下来陪着你伤心、难过，没有重要到会让黎明推迟来临。即使你在角落哭得再凄凉，世界还是按照预定的轨迹发展。地球依然不停旋转，太阳依然照常升起。

世界不会因你而迟到。也不会因任何人而迟到。

那些亘古不变的信念与追求，那些无法消逝的时光漫漫，那些像疯了一样的冲动与热血……只会随着时光而老去，却深深地贮藏在你的生命中，不会随着时光的逝去而逝去。那些你记忆中的狂喜、痛苦，那些你曾经无数次的泪流，那些你回忆起还会不禁嘴角上扬的轻狂，岂能那么轻易地逃离你的生活？

致童年，致青春，致兄弟，致亲人。因为不再拥有，所以曾经你厌恶的一切会变得那么斑斓，那么可爱。曾经你深深唾弃的，现在却成为你苦苦追随的。你随着一页页撕下的日历慢慢改变了。当然，你不会发现这些改变，因为你眼中的你始终是你，始终是宇宙间无人问津的星辰。

你问自己，你的梦想是什么？

你给了自己好多答案。关于事业，关于生活，关于感情，关于不羁与放荡的内心。但最终你还是发现了，你自己就是你这辈子的梦想，你自己就是你这辈子一直闪耀着的星光。尽管你曾经眷恋过去，尽管你现在无比迷茫，尽管对于未来你还不曾设想，但是谁也无法阻挡你成为自己的一路风景。倦了，你可以和自己说说话；困了，就用左手握住右手，在梦中的阁楼里冒险。

但无论如何，你要记住，你不是谁，你是你自己，你是你这辈子的梦想。

被镌刻的时光怎样也不会显得空洞。谨以此，献给我和我的时光，献给那个在纷纷杂杂中始终没有迷失的自己。

中学时代的四大美人

文 / 如风

　　不知什么原因，初中时，每个年级都要重新分班，学校把所有学生的名单混在一块儿，没有电脑和先进设备，也不知校长和教师们用了什么高招儿，把八个班级的几百名学生像揉面一样揉成一个大面团，然后再迅速揪成几百个小面团儿，然后五十个一组，再重新组合成整体。而且要力求均匀、公正，每个班级尖子生、中等生和差生的数量要各占三分之一。所以，我初中时期的同学特别多，本来只有四十九个，经反复几次重新分班，变成了一百多个。

　　因为分班时会有一些交集，有些初一时的同学在初三时又聚到一个班上。也有极少的同学从初一到初三，一直被分在同一个班上，这真是莫大的缘分！印象中，我没有缘分这么深的同学。我从初一四班升级为初二八班，再由初二八班转为初三一班。改变的不仅是名字，还有生活方式，不同的同学带来的不同的生活方式。使我印象最深的是初二八班，而最让我怀念的却是初三一班。

　　初二时，记得上课的第一天，每一个同学都在欣喜地体验这种奇妙的变化，都在不动脑袋只转眼睛、偷偷寻找着初一时的同班同学，找到了就彼此行注目礼，微笑一下。一下课，就冲过去，抱成一团，聊成一片。那些关系不足以构成拥抱级别的也得打个招呼。因为在陌生的人群中能看到熟悉的面孔，不致于让自己感到那么孤独无助。

每一个新班级一成立，"民间"的选美比赛就开始暗暗进行，所有男生又是观众又是评委，如果班级里所有女生们都姿色平平、不相上下，他们的存在兴许还有着划时代的重大意义，一旦有某一个或两三个女生异常突出、鹤立鸡群，他们也就不用再充当蹩脚的评委，而心甘情愿退居舞台之下做一个流口水的观众。

初一时的班级就属于前一种情况，大家都差不多，没有容貌特别突出的女生，况且我们刚刚到这所学校，还没摸清情况，得积蓄力量、暗中打探情况然后再行动。到了初二该放开就得放开。在初一时，只听说某班级的某个女生沉鱼落雁、闭月羞花，但也只是隔靴搔痒，对我们的生活和心态没什么太大的影响。

到了初二，我的不幸就来了，因为可恶的第二种情况出现了。全学年最著名的美人儿几乎都在我们班级，这让我感到自卑和惭愧，深为自己长得不美却遭遇美女最多的班级而恼火。我彻底成了坐在角落里无人关注的丑小鸭，只遥远地欣赏一下她们的国色天香，当她们走进教室里时狠狠地注视一下她们美丽的背影和月亮一般圣洁而纯美的脸蛋儿，然后恨恨地想：为什么我不是她们？她们不是我？

虽然她们都很美，但她们的美却又各有不同。第一美人儿首推宋昕明。宋昕明长得真是漂亮，美得像智慧女神雅典娜，又像汉朝美女王昭君，她长有一张绝对让人痴迷的中国古典型的瓜子脸，柳叶眉，眼睛则像一池碧水般清澈明亮，鼻子不高不低，精致适中，嘴唇也是传说中的古人们最迷恋的樱桃小口儿。唇不描自红，眉不画自翠，最难得的是她唇边还有两个浅浅的酒窝，笑起来，唇红齿白，仿佛看她一眼就能把魂给勾走似的。宋昕明身材纤细、苗条，个头不算高，大约一米六二左右——这在东北是不算高的，但放到江南，就得被扔进高个儿的队伍了。谢天谢地，她总算有一样儿比不上我——个头儿，这给了我一个在人世间呼吸的理由，让我还可以在她面前勉强存活。更感谢这个时代以高为美，不至于让我外表中没有一个优点。

我极少有机会与宋昕明接触，因为生活圈子不同，座位又离得那么远。学生们的交往大都以座位的前后左右和生活中的左邻右舍为中心，所以我只能看着她扎了马尾辫的美丽后脑勺暗暗地欣赏。偶然一次机会，我竟然面对面地与宋昕明聊了几句，想不起因为什么，但总归有那么一次，以至于我一回想起初中生活便总能想起我坐在她的后座，她转过身来，用她那张精致的脸庞对着我。我痴痴地望着她那浓密的眉毛、乌黑的眸子、像石榴一样红的脸颊，像樱桃一样莹润的嘴唇及微笑时唇边那两个迷人的浅浅的酒窝。没什么可辩解的，我一定是绞尽脑汁儿寻了个什么貌似光明正大的借口去亲近她的。我哪还有心思和她说话？欣赏都来不及。她正说着，我正看着，班里一个捣蛋鬼经过她身边时，揪了一下她的辫子。她气愤极了，猛地一转头，"×your mother！"粗俗的国骂从这个天堂里落到凡间的精灵嘴里传出来，我惊讶极了，简直不知道该说什么好，她在我心中是那样完美无缺，我简直不能想像她那个美得令人发狂的小脑袋瓜里还储存了这样污秽的词语，她本应该让自己的一生都远离粗俗和鄙陋，她生就这样的美貌，就有义务不让它受到任何侵犯，而她在抵御外来侵犯时也应该保持自己绝无仅有的美丽及高傲珍贵的尊严。失望已经来不及了，她让我感到前所未有的震惊，我的敏感的心快要经受不住这样的打击了，仿佛觉得维纳斯的另一只手臂也断裂了，如果双臂都是残缺的，维纳斯还是美的吗？

我怏怏不乐地回到座位上，勉强上完第二堂课，然后到操场上做课间操。我们正在队伍里中规中矩地做第七套广播体操，毕云涛走来了，他像一个醉汉，蹒跚着走来，他纤细的双腿似乎支撑不住身体的重量，使他看上去像狂风中的幼苗一样，让人忍不住想去搀扶他一把。如若他不是宋昕明的狂热追求者，我真想这么干。我在做体操的队伍里盯着他，发现此刻的他显得孱弱而又苍白，他原本是那样风流倜傥、英俊潇洒的一个男孩儿，而此刻却像一个八十岁的老者一样吃力地行走，又像一个刚学习走路的婴孩一样走一步歇两步。

我是一个普通的不能再普通的女生，没有资格和机会与这些全校顶尖儿的曼妙男生女生交往，我对宋昕明和毕云涛都了解不多，不过是道听途说而已。我只是在最后面的角落里远远地欣赏上苍赋予宋昕明的天姿绝色和毕云涛的风流倜傥。我听别的同学说他们恋爱了，但也有说是毕云涛单相思。我看到的事实是毕云涛在疯狂地追求宋昕明，他的英俊外型使他很快在众多追求者中脱颖而出，迅速赢得美人芳心。毕云涛确实英俊，他个子颀长，身量适中，长脸儿，皮肤十分光洁，呈现出诱人的肉黄色，一双眼睛明媚、亮丽、顾盼横生，嘴唇薄厚恰到好处，外表上的唯一缺撼是牙齿，牙齿既不太整齐又不像牛奶一样白，是人们俗称的那种四环素牙，不笑的时候十分完美，一笑便破坏了这份美，让倾慕他美貌的人骤然清醒："啊哈！上天是多么公平呀，瞧他那口牙，加起来也比不上我的一颗白。"别的男生也总算有了些安慰，不至于恨他恨得咬牙切齿。

只要毕云涛不开口，他就像太阳神一样矫健，像潘安一样让人赏心悦目。他不仅帅气，而且还富有才情。一天下午，自习课间，他竟然在讲台上跳了支简短的舞蹈，那可不是一般的舞蹈，而是当时正在内地热播的台湾电视连续剧《戏说乾隆》中的风流皇帝乾隆，与赵雅芝扮演的金无箴在宫庭的一个角落双双起舞、联袂齐飞的动作，尽管只是几个简单的动作，他却模仿得惟妙惟肖，活脱脱那个风流皇帝的少年版本。都把我看呆了。估计但凡在场的同学没有不呆的。我发呆时还不忘记胡思乱想：若能与这样的男孩长厢厮守，此生足矣！还上什么学呀，立马去花前月下吟诗作赋，品茶赏花，抚琴对弈，享尽人间欢乐。

然而，最绿的叶子总要映衬最美的鲜花，我只是草，连花儿都算不上，我是不被人欣赏的人。他爱上宋昕明天经地义、理所应当，人人都觉得他们是天生一对、地配一双。偏偏有一根无情棍棒硬要冲散这对苦命鸳鸯。不知宋昕明的父母中了什么邪，愣是不肯接纳这么英俊的未来准女婿。我巴不得他能做我的恋人，为此，我心甘情愿洗衣做饭，上养老下养小，在家务琐事中终其一生。去它的反抗，去它的命运，只要能与这样的佳人为伴，还反什么抗？为他，我愿意回归传统。我知道我这是妄想。

　　毕云涛自杀了，他吃了很多安眠药自杀。那天，我看到他摇晃着来上课间操时，是他刚从医院出来，因刚被抢救过来身体十分虚弱。尽管毕云涛曾让我对美和爱情充满幻想，但打死我也不能同意荒谬绝伦的老话："女人是祸水"。说这句话的绝对是男人，是阴暗的男人，是得不到想得到的女人的男人，是给男人源源不断占有女人的欲望制造借口的男人。任何一个国家，任何一个时代，任何一场战争无一例外不是因为男人的欲望造成的。要么攫取权力，要么获得财富，要么争抢美色，然而他们总是有本事将战争原因七拐八绕归结到女人身上，最终判定这一切都是由女人引起的，并且将这句"真理"钉上在墙上千百年，让女人明白自己是男人的原罪，好自为之。长得美不要紧，长得美又非得抛头露面引起男人巧取豪夺的欲望就是美人的罪过了。这句老话分析起来冠冕堂皇，琢磨起来丧尽天良。女人生得不美，男人感到遗憾，女人生得太美，男人又很抱怨。男人总是不能调整到正常的角度审美，总是不能摆正心态平心静气地旁观。就像《阿格尼丝格雷》中被惯坏了的小少爷，看到画眉鸟又美又能唱出好听的歌儿，一定要把它抓到笼子里，这还不算，还要把它凌迟处死，想看看揪断它的翅膀与腿脚时它怎样鸣叫，是什么表情。这些还都可以忍耐，最绝的是被惯坏了的中国少爷们还得补上一条真理："她活该！谁让她生得那么美！因为她美，所以我想囚禁她，因为她太迷人，所以我想占有她，如果不能占有，我就摧残她。"

　　毕云涛为宋昕明自杀，是他自己的选择。他当然有许多理由和途径根本不需要这样做，但是他这样做了，人们就没必要片面地去责怪某一方。"他真勇敢，为了爱情宁愿放弃生命。"有的同学说。"他真窝囊，男子汉大丈夫为了一个女人而死，还没建功立业、保家卫国就为情所伤，真是不可思议。"持传统得老掉了牙的论调的同学如是说。

毕云涛敢于在如此青春年少时放弃生命，震惊了许多人。他毕竟没有白自杀一回，因为他最终抱得美人归——他们俩大专一毕业就结婚生子，一直生活在那座小城里。

第二个美人是宋雪飞。大家都很艳羡宋氏家族总是容易生出绝美的女孩儿来。远处的宋氏家族几乎改变了中国近代史，近处的宋氏家族差点改变了整个蜂城中学。宋雪飞个子很高，与我一样高，身材极瘦，瘦得只有骨头，没有皮肉，想在她身上找出一平方微米叫做脂肪的东西是不可能的，以至于让人觉得她的青春期发育比同龄人推迟了三、四年。

宋雪飞本来是古典式的瓜子脸，但由于过瘦没把握好度，显得脸过长了一点儿，只能算做长形脸儿了。在宋雪飞的脸上，最美的要数她的眼睛及眼睛上的"窗帘儿"——睫毛，她的睫毛是那样浓密、细长而又自然上翘，以至于常常让人忽略了她的眼睛的存在，实际上她的眼眸清澈得像圣湖玛旁雍错的水一样，她的牙齿洁白得像冈仁波齐峰山上的雪一样，她的嘴唇精致得像雪莲花一样。

在班上，宋雪飞和宋昕明被老师点名回答问题的频率极高，大概是老师尤其是男老师想趁机近距离多看上她们几眼吧。毫无疑问，在宋雪飞的整个学生时代，追求她的人不计其数。但她却一点也没有动心，而是理智地上了大学，大学毕业后去了北京，在北京接受了一个优秀而能干的男人的追求。现在移民澳大利亚。

中学时，我有些神经质，情绪变幻无常。有一天，我又莫名其妙的心情不好，同桌徐冬冬善解人意地说："桌儿，我给你唱首歌儿吧。""好

呀。"我用右手拄着头歪着脑袋看着她。

"让青春吹动了你的长发，

让它牵引你的梦，

不知不觉这红尘的历史已记取了你的笑容。

红红心中蓝蓝的天是个生命的开始，

春雨不眠隔夜的你曾空独眠的日子。

让青春娇艳的花朵绽开了深藏的红颜，

飞去飞来的满天的飞絮是幻想你的笑颜。

秋来春去红尘中谁在宿命里安排，

冰雪不语寒夜的你那难隐藏的光彩。

看我看一眼吧，

莫让红颜守空枕，青春无悔不死永远的爱人。

让流浪的足迹在荒漠里写下永久的回忆，

飘去飘来的笔迹是深藏激情你的心语。

前尘后世轮回中谁在宿命里徘徊，

痴情笑我凡俗的人世终难解的关怀。

......"

在她动人的歌声中，我盯着她那张诱人的脸庞看。她的确很美，是那种精致得像绝品陶瓷制作的小盖碗茶盅式的美。她个头儿也很小——因为个头小屈居四大美女之三。徐冬冬最多一米五，长了一张圆圆的嫩脸，眼睛很亮，像镜子一般，嘴唇小巧圆润，与脸一样圆，一笑起来喜欢用牙齿咬着下唇，特别像羽西娃娃。我特别喜欢她，但凡美的事物，我都喜欢。我喜欢听她说话，喜欢看她笑，喜欢她的一招一势，她举手投足都很优雅巧媚，不像我，走一路，踢一路，踹一路，地上的草凌乱得像被几头野兽冲撞了似的。

徐冬冬特别喜欢吃烤羊肉串儿，一次能吃几十串，就那种一毛钱一串的小肉串儿，她带我吃了一次，那是我平生第一次吃烤羊肉串儿，她一下子要了五十串，我们吃得昏天黑地，觉得还不过瘾，又要了二十串。她一边吃一边说："噢，好吃。嗯，太好吃了。你知道吗？我吃烤羊肉串儿都吃得胃穿孔了。""啊！啥叫胃穿孔？""我也不知道，可能是胃里出现了个小洞，疼死了，痛起来我都满地打滚儿。""啊，那你还不少吃点？""不，就是胃没了也得吃。"我笑她无知："胃没了，吃的东西放哪儿呀？"我们一起大笑，连烤羊肉串儿的人都被我们逗得前仰后合。

徐冬冬与别的学生不一样，她喜欢美术，并且画得很好，所以有资格选择走特长生的途径上重点高中乃至大学。于是，她经常出去学习绘画，可能去哈尔滨，也可能去北京，有时一去一、两个月，我旁边的坐位总是空着的。徐冬冬后来考上了北京的美术学院，毕业后在北京最大的设计公司工作，定居北京。

在青春萌动的岁月里，不仅漂亮女生是非多，有点魅力的男生传闻也不少，班级里都在盛传姚义臣与范丽丽谈恋爱。范丽丽系四大美女之一，虽屈居最末一个，但姿色并不因此而减少，她长了一副圆圆的脸蛋，多情的眼睛，甜蜜的小嘴儿，俏丽的鼻子，醉人的酒窝。她是四大美女中唯——个单眼皮女生。但是，范丽丽的单眼皮单得恰到好处，如果是双眼皮反而会使她的魅力逊色不少，用现在的时尚话说，她的粉丝们恨不得将双眼皮做成单眼皮，可见她的单眼皮眼睛有多迷人。另外，范丽丽的魅力在于她的穿着不仅得体而且将她的韵味儿衬托得十分突出。

范丽丽是时尚的风向标，她若穿了件什么衣服，不出三天，满校园都是。传说中，她与姚义臣是一见钟情，一见面便立即海誓山盟、私订终身。唉，又一个漂亮男生被独占了！我再不做男生的同桌了，距离如此亲近也摘不到月亮，实在扫兴。

有一阵，班级里疯狂流行言情小说和武侠小说，男生迷武侠，女生爱言情，不仅只是看，还反映到现实生活中，引起一阵改名狂潮，女生们把原来极为普通大众化的名字都改成琼瑶味十足的名字。在此次潮流中，宋雪飞改为宋若晴，范丽丽改为范雯丽，因为我永远不可能成为言情小说中的女主人公，所以也就省去改名的麻烦，即使改了也不可能获得一场惊世骇俗、刻骨铭心、催人泪下、肝肠寸断、抓心挠肝、寻死觅活和死去活来的爱情，不必多此一举，更何况，我家没有任何有权势的亲友，口头上改了名户口本上也没法改，也就作罢。

对于这些改了名的同学，一开始大家还觉得很别扭，叫久了也就习惯了，就仿佛我们一认识她们就叫这个名字似的。姚义臣的母亲一定是看言情小说长大的，直接就为他取了一个言情小说中的男主人公的名字，免去了改名的麻烦。他的名字怎么叫怎么浪漫："义臣"、"阿臣"、"小臣"、"臣儿"、"臣臣"、"臣"……咦，好腻啊！

冬天，雪下得特别大，校园里积雪非常厚时，体育课就得停上。体育课时，有时候老师会组织大家在教室里学习体育知识，有时候就上自习。若是上自习，爱玩的学生就一窝蜂地跑出去，到雪地里去撒野，打雪杖、堆雪人。大家都穿着厚厚的大衣、羽绒服，家境富裕的学生穿着皮大衣，戴着厚厚的帽子、围巾、脖套儿和手套，雪团打在身上也不疼。我们在雪地里奔跑，随手从地上、树枝上抓起一把雪，揉成团就向对方砸去，大家一边狂叫、一边大笑一边互相穷追猛打。起初分为两组，玩到后来，许多人累了，就自动退场，或到教室里暖和身子，或当观众，剩下的也就不分敌我，乱打起来。再后来，男生专打漂亮女生，谁挨的"枪子儿"多，谁肯定是漂亮女生。

宋昕明生就淑女性格，从不参加这种"野蛮游戏"，宋若晴过于单薄，轻易不敢狠打，徐冬冬成年累月不在"家"，只有范雯丽性格温婉，身量丰满，挨得雪团儿最多。男生不舍得打她头部，就往她身上扔，有一个歹毒的不懂得怜香惜玉的男生竟把一个雪团塞到她的脖子里，她竟然也不生气，其后果并未让男生偃旗息鼓，反而招来更多的雪团。得到的雪团数量与被进攻程度是和美丽及关注度成正比的，因而，我挨打的机会很少。可是，我多想被人"打"呀！但是很遗憾，我只能自己抓住一个雪团往自己脖子里塞。

一上大学，中学时代的同学们就疏于联络了。大学毕业后，分布于全国各地的城市，联络更少了。近几年，网络发达之后，才在微信上找到彼此。得知范雯丽大学时去了新西兰留学，在新西兰结识了现在的丈夫，定居新西兰。

无论多少年不见，再见时，依然亲切。因为，他们是生活在我们少年时代的人物，将会永远留在我们的记忆深处。那时的我们，青春年少、无忧无虑，一生中只有那时会是这样，珍惜我们的少年时代，珍惜少年时代的每一个同学。

浅夏的秘密

文 / 梁焕敏

在阳光下听"幸福"唱歌

当夏天刚开始的时候，是湛蓝的天空"失恋"的时候。伤心难过的时候大家都会干些什么？会哭吧。所以，初夏会带点儿小雨。会有苔藓在墙角，绿绿的爬山虎会爬上墙壁，其实爬山虎也只是想离天空更近些，大声告诉它："别哭，你还有我。"

初夏的花开得特别艳丽，或许是因为被"泪"的洗礼，所以散发出的是一股淡淡的花香，带着些忧郁弥漫在空气中。这个时候，你可以打开窗子，呼吸新鲜的空气——这个时候，你会闻到清新舒适的味道，精神好极了。请你大声叫出来："这里，很美！"

如果，你家的庭院有一棵高高的大树，从底下向上看，像是直通云天的隧道，那么就请你赶紧搬一把椅子躲在树阴下吧。微凉的风儿会吹起你的头发，露水会给你的心灵带来滋润，不妨读一本有韵味的书，这个时候躲着不敢出声的知了们会在你的头顶唱起歌来。

如此"幸福"的滋味，也只有在初夏你才会体会到。

天边那座"桥"通往天堂

一座弧形的，半透明带着绚丽光彩的"桥"如果躲在暗云处，努力绽放光彩，请你走出来看看，你会发现——四周暗暗的云都被这光彩以及阳光的温暖净化了，慢慢变得纯白，阳光又开始调皮地跃到树梢，透过树叶照射到地面，影子碎了一地。

是的，那是彩虹。如果你没有见过，请你闭上眼睛，想象一下——碧蓝得如蓝宝石的天空中，悬挂着一道彩虹桥，七彩的斑斓交织着，薄薄的云儿在四周飘荡，却也遮不住那圣洁的光芒。

小时候，你有想过吗，彩虹到底通向何方？

红橙黄绿青蓝紫。红色的光芒落入温暖的太阳，告诉着远在宇宙的它，你不孤单；橙色的光芒落入孤单孩子的家，送去一点点的温暖，别怕，有我在；黄色的光芒落入公园的电灯泡，让它在黑暗的月夜继续发亮；绿色的光芒落入草丛里，使那鲜花更加娇嫩，青草更富芳香；青色的光芒落入草原，问候成群的白色绵羊，与它们一同玩耍；蓝色的光芒落入大海，净化一滴鱼的泪水，其实你们都很幸福；紫色的光芒落入蓝天，直到黑夜与流星做伴。

其实，红橙黄绿青蓝紫，汇成的是一座更长的圣洁桥，通往人们心中向往的天堂。

叶子的"泪水"无人问候

夏天都只是快乐，都只是幸福吗？你错了。据说有的鱼有两个心脏，那么它痛起来的时候比我们都痛；据说有的羊没有大脑，那么它会不会孤单会不会害怕；据说有的章鱼只有三只触手，那么它和其他章鱼打架会不会吃亏……在夏天，孩子愉悦的欢乐声中，并无人发现叶子的痛苦以及恐惧。

叶子不喜欢阳光，它不想与阳光交朋友，它多次对阳光说："请你离我远一点儿。"阳光很温和，它只想和叶子做朋友，并且多次与它捉迷藏。阳光不知道，叶子很难受，阳光的温度那么高，叶子受不了。

叶子很害怕，它知道，夏天都了，秋天就快要来了。它知道等到秋天，稻谷都熟了，田野变成黄色的时候，它就该离开了，就该慢悠悠地落下来，任阳光践踏，慢慢腐烂，化为树的养料。谁不怕死亡呢？叶子也怕。

叶子想哭，可是它只是一片叶子，没有眼泪。它只好在雨天，仰起头接过雨水，低下头当做自己哭得淋漓尽致。如果不会哭不会笑没有感觉，是不是很可怕？叶子很想大声回答："是的。"可是它只是一片叶子，它没有说话的权利。

请你留意一下花的花瓣上的露水，说不定那就是叶子的"眼泪"。

寻梦西藏2013

文 / 滕卢涛

西藏，意味着什么？意味着雪白的神女峰、藏红色的僧袍、透蓝的天空，意味着最后存在梦的地方。

在人生的前二十二年，阿布一直是这样认为的。他向往西藏，打小就想去那儿走走看看。

2013 年，他大学一毕业，就骑着那辆老山地，从川藏线出发。西藏，我来了！阿布很激动地朝着前方蜿蜒曲折的公路喊道。

然而现在，阿布慢慢地走着，车的链条掉了，拖在地上，啦啦的响着，阿布低着头，一言不语，忽然，他停了下来。

其实下午时候，他还是骑得很有斗志。这是他出发的第七天，路更加难走了，一边是峭壁，另一边岷江混浊的江水奔流而下。阿布对这一切，都已经轻车熟路，毕竟他之前，在论坛里做足了功课，更让他骄傲的是，很多驴友都是一队一队，但他是一个人，他并不是来旅行的，对他来说，西藏，就是他的一个梦，如今，唯有孤身追梦，才更显得虔诚。

一路来，天都是灰蒙蒙的一片，这好像已成为这趟路来的底色，阿布有些寂寞。一路上，有不少驴友和他打招呼，喊他一起，他总是笑着谢绝，他们说，这路上有些危险，让阿布小心些，阿布不觉得，在他心中，没有比西藏更干净的地方了。

下午三点，阿布骑得有些累了，路不断地延展着，白色的分道线，重复着继续，看得人疲惫。忽然，阿布看到前面出现了一点的红色，小小的一点，不鲜亮，甚至快被这灰暗的天色所遮掩了，然而在这种寂寞时候，这一点红色，仿佛就成了救星。

阿布精神为之一振，加足了马力骑了过去，一走近，原来是个小沙弥，看上去也不过十五六岁，浑身被晒成棕色，唯有脸上那片高原红，分外的通透，给人感觉十分的朴实。

"小师傅，你去哪里呀？"阿布问了一句。那小沙弥对着阿布行了个礼，回答说是要回拉萨，如果不介意，他们可以同行。小沙弥的普通话说得并不太好，但听起来很真诚，阿布很喜欢这么真诚的声音，于是就答应了。

一路上，小沙弥很能说，西藏的很多传说，都讲述得绘声绘色。走着走着，就到了一个山洞口。很多骑行的驴友都聚集在了一起，估计还在等更多人，很多老背包客都说，去西藏的山洞很不安全。

"我们也要等吗？小师傅。"阿布看了看小沙弥。"不用的，这里很安全，没有坏人。"小沙弥告诉阿布，得到肯定的答复，阿布打算进去了。

"喂，小伙子，再等会儿吧。"阿布回头，看到一个四十多岁，满脸落腮胡的大叔朝着他喊道，"这里面很可能有抢劫的，我们还是等人多点一起去吧。""大叔，放心吧，这位小师傅说里面很安全。"阿布很坦然地说了一句，小沙弥也点了点头。"可是，可是，小伙子，还是等等吧！"那位大叔皱了皱眉。"别可是了，大叔，这里不是其他地方，这里可是西藏，如果我们连来西藏都那么提防，那我们还能相信谁呢？"阿布说得有些激动，接着也就头也不回的向着前走。小沙弥在后面歉意地拜了一拜，跟了上去。

此时阿布心里很有成就感，他相信西藏，相信自己的梦，他觉得，这里应该是洁白如神女峰的，这里的人们，还没有被世界给污染，有着朴素的红色，正如，正如眼前的这个小师傅一样。

想到小沙弥，他才发现，自己已经走进山洞十分钟了，除了头顶一盏灰暗的路灯，没有别的光亮。

"停下，把背包放下。"阿布听到后面传来了一个不标准的普通话声音，略带沙哑，他也感觉到了，一把冰冷的刀，架在了脖子上面。他不敢回头，他不想回头，然而当那藏红色的僧袍出现在他的视野里时，他还是不得不相信——他被抢了。前面走来了几个大汉，长得都很像藏区普通的牧民，老实，憨厚。可他们分明在说，把包放下。

一颗泪从阿布的眼里流下，原来，真的没有什么干净。他很顺从的把包放下，里面装着他的生活。"才这么点钱，穷鬼，亏我跟你走了那么多路。"那个僧人骂了一句，其实，他也不是僧人。阿布抬起头，忍住泪，问："为什么要骗我？"那些人听了，哈哈大笑，"傻子，看你好骗呗！"小沙弥说得风轻云淡，但一字一句，都好像是刀，扎进了阿布的心。"你们为什么要抢劫，你们不相信神明了吗？"阿布眼眶通红，他想起了那个大叔。"什么神明，那都是哄人的，放牛多累，在这里，随便站着也比放牛挣得多。"另一个汉子回答。"和他说这么多干什么啊，才这么点钱，打他一顿先！"小沙弥提议了一句。

阿布出来的时候，已经鼻青脸肿了，他没有哭，他停下了。看看天，混沌的黑，原来，这里不仅最接近太阳，也最接近黑暗，或许，现在的西藏，才是真的西藏吧。那么，我去拉萨干什么？阿布问自己，没有答案，他迟疑了，他想要回去。

走了几步，阿布感觉头有些发昏，为了赶路，他已经一天没吃东西了。砰的一声，他轰然倒地，倒在了前方看不到边的地方。

阿布醒来的时候，睁不开眼，外面明晃晃的，高原的阳光分外耀眼。他听到有人喊他，他又听不太清，到底喊什么。嗡嗡的耳鸣声充斥着大脑，阿布有些难受，哇的一声，吐了出来，这下他清醒了。

他躺在一个人的怀里，仔细一看，正是昨天的那位大叔，昨天看着凶神恶煞，然而今天，阿布感觉分外亲切，天很蓝，蓝得似乎看透了万物的心，阿布感觉很安全，梦里的西藏，也是这样的。

这时他才发现，自己把大叔的衣服弄脏了，他赶紧抱歉，那大叔只是笑了笑，说没事。看阿布这张受伤的脸，他就全明白了，只不过，他不想让这个小伙子再想起这些不高兴的事。

休息了一个小时，吃了些东西，阿布差不多恢复了。大叔想让阿布和他们一起走，但阿布还是谢绝了。他固执地觉得，这条路，要自己走完。

大叔给了他一点钱，还有一句话。阿布听完，若有所思，继而点了点头，跨上了单车，向着梦中的布达拉，前进了。

金色的转经筒、白色的布达拉、穿着五彩藏服跪拜的老阿妈。阿布看到了，很熟悉，而又陌生。咚——钟声敲响，传开了千里，他跪在佛像前，背后是圣洁的雪山，阿布忽然就想起了那位大叔的话——

"孩子，西藏有修罗，人间，也有菩萨。其实这里，不意味着雪白，也不意味着红或蓝，西藏，其实就是我们身边这稀薄透明的空气，它的色彩，由你决定。"

阿布的嘴角，微微扬起，他的心中，一片透明。

静静地走在阳光深处

文 / 梁焕敏

记忆如书一般，靠近着阳光的窗口，被风翻过一页又一页……那个叫"回忆"的小怪兽还真是厉害呢，我们都不是奥特曼，招架不起。想想就觉得好笑，有时候只是想静静地站在阳光下，发呆，任泪水滑下。

每一站的年华，我们都没有珍惜。

One

祈祷明日还有温暖的阳光，驱赶心中的冰寒；祈祷明日的黑夜来得再晚点，再晚点；祈祷时光停止不动，让感人画面定格永久。静静地停留在幻想边缘，那些时光岁月一去不复返，呆呆地看着陌生的道路，一下子乱了手脚——那些过往，又有多少能够记住？

曾经的我们，喜欢爬上阁楼，打开窗户迎接阳光。

曾经的我们，喜欢站上天台，吃着雪糕说说笑笑。

曾经的我们，喜欢在树阴下，打闹着任时光挥霍。

……

曾经的曾经，好多的好多，如今又在哪里？现在的我们，只能面对陌生的未来，陌生的一切，重新收拾行囊，重新出发！曾经的好友，都不在身边，有时候会觉得累，有时候会觉得自己变了，不过这些都没有关系，成长本就是孤独的开始……

Two

"你知道吗？之前我还一直想到英国伦敦的圣保罗大教堂去做祈祷呢，现在还真的要离开你们，去那个陌生的城市，一想到就想流泪。"接起电话，听着熟悉却又有点儿陌生的声音从另一头传来，阳光飘飘洒洒地落下，我想我的脸上一定带着笑意。

"都过去一个星期了，现在该习惯了吧？"我的声音和她一样轻轻颤抖着。

"呵，也没有办法嘛，我们都该长大的。很多时候，该记住不该记住的，都该忘记……这样子，才能飞得更好。天空或许比以往的更加湛蓝……"我还没有来得及说什么，她便病恹恹地补上一句，"可惜曾经炙热的阳光会灼伤我的翅膀。"

很多时候，该记住不该记住的，都该忘记……这样子，才能飞得更好。天空或许比以往的更加湛蓝，可惜曾经炙热的阳光会灼伤我的翅膀。

我在心中喃喃地跟着她念了一遍。

忽然一刹那，我释怀地笑了。笑得单纯善意，就像之前那个还含着棒棒糖的年纪。

Three

我试着追随过往的足迹，落叶在我脚下的每一步都发出轻微的响声。踏着阳光前行，不知当初的温暖——离家的那一刻，一切都变得冰冷；离开伙伴的那一刻，一切都变得灰白；离开自己的那一刻，一切的一切都不存在了。

有多少人可以讲出，当初的自己去哪里了？

是乘着童年的纸飞机，消失在殷红的云霄里了吗？那条断了的风筝线，现在是否还被遗弃在草丛里？那些小小的纸船，到达辽阔的大海了吗？现在想起来，泪水不禁由着勾起的嘴角落下，好多的回忆，好多的美好幸福，就这么被时光带走了。

我们醒悟得都太晚了。

我们童年的结束都是自己童话编写的结局，愿下一站的旅程，阳光能够带着清风打开封尘在心里的黑匣，令彼此辗转难眠的回忆随着自己，静静地走在阳光深处……

枕头上枕着鸟窝

文 / 张佳羽

床的长度，足以让一棵树在梦里竞放。它的枝头，云一样柔软的枕头，横成岸，横成月光如水的底座，横成曙光初升的柳堤，横成思想徜徉的翼台。乱蓬蓬的发丝，不再装饰成雅致的模样，在人前对镜约束。它们自然地松散着，丛生着，交织着，任休眠式的温度，孵化心中奔涌不止的念想……

不受控制的辗转反侧，在枝头浑圆着生命的巢。春草与枯藤携手编织的窝沿上，一团又一团灵性的呼吸，看不见的影子追逐着假想的影子，以雁队的阵容，细瞄漆黑的深处，有什么样非凡的动向。群蜂振翅一样的星族，酝酿着勇气，一枚枚没有铺排成钮扣所处的位置，却又忽闪出诗的化身。有谁会划破寂然如息的长空，以耗尽自己青春的铺张，去点亮远处的黎明？撞车的张望，纷纷滑落进夜的溶液里。

被子的口沿，难以捂住朝上的唧唧喳喳。不论稚嫩与老成，都会对视成情节的置换和出人意料的错综复杂。悲喜不过是一场不留痕迹的如霾如靥的故事，真实得荒唐又虚幻，荒唐得牵心又难心，虚幻得离奇又惊异。没有谁知道导演在哪里，不用付费的演员名册里，居然写着自己和亲人，还有同学和陌生的路人。测不出分贝的声音，堪比原子裂变的当量让人惊悚不已。一身冷汗，权当是被窝里莫名恩惠的淋浴。

想象不歇点地在挥舞翅膀。巢里，盛不住一丝安静。再饱的雏儿，依旧张着鹅黄的嘴巴，表露自己的饥渴。月亮烤成一张香喷喷的大饼，斜挂在树枝上，引得叫不上名来的鸟，围成冠一样巨大的食谱，争先恐后发表着餐饮的意义。窗外，野猫踏晨的招呼声，骇圆挂钟惺忪迷离的眼睛，几声呵呵的起床号子，敲落满盘争议，吁，闹了一夜的小鸟，趁影子还没有画清晰的时候，争抢着出窝了。

枕头上，仅剩一只空巢。鸟儿的脚印，并没有开成意象中的花朵。屋子的空气中，弥漫着一种亲切的污浊味，似乎鸟粪还是热的。梳理一下思绪，回忆昨夜吵吵闹闹的全过程，总是支离破碎，完整不起来。满屋子寻找鸟儿的后背，似有，似无。

唉，人身这棵巨树啊，天生是夜鸟的乐园。巢建在这里，调皮的鸟儿，赶也赶不走……

阳光温暖的青春

文 / 马之军

回想起那些零星的记忆，慢慢拼凑出来我心中美好的回忆，星星点点的涌现在脑海中。一幕幕往事纷纷浮现在眼前。静静地任时光飞逝，我伸手去抓，终究还是挽留不住那过往的故事，那些温暖青春岁月的日子……

九月九日，一个代表天长地久的日子，我认识了她。她是转校生，脸上总挂着淡淡的微笑。微笑淡到不易察觉，似乎在嘲笑着什么。我数学总是学不好，她就像一个老学者一般，一题题地教我，还常常装成很无奈的样子冲我叹气："你怎么那么笨呢？"每每这时，我就会敲她的脑袋。时间就在打打闹闹中慢慢度过。

天气越来越冷了，一向身体不好的我疼得厉害，连走路都成问题。那天上美术课，我悄悄地画画，旁边写了这样一句话："如果我以后走不了路了，那该怎么办啊？"

这句带有玩笑的问话得到了一句朴实、纯洁的答复："如果你不能走，我会背着你走。"当时不知是源于身体上的疼痛还是心灵上的触动，我的眼睛湿润了。有时候，朋友一句及时关心的话语，会让整个人生的冬天不再寒冷。其实，好想说我心中的一些往事给她听，和她分享我那单薄生活中的快乐，遗憾，甚至悲伤……

一个阳光灿烂的下午，我因为一点小事而被老师教育，心中莫名产生了一丝郁闷的气息，闷着头心不在焉地做着还没有完成的作业，装着满不在乎的样子。其实，内心还是很忧伤的，不管怎么说，有些事还脚踏实地的去努力过，奋斗过，至少青春的岁月里不会留下遗憾。或许，这就是我所认为的无怨无悔吧！

她在旁边又敲了一下我的脑袋："又做错了，你说你怎么那么笨，你在想什么呀，笨笨的你就不知道用笨笨的心吗？"我当时的心情差极了，咆哮起来："我就是笨，不要你管，烦死了！"我声音不大却足以让周围的人听见，她的脸顿时羞得通红，扭过头不再说话了。我意识到自己错了，但也不好意思道歉，接下来的几天，我们在冷战中度过。一个早读课上，我写了张道歉的纸条递给她，她看后冲我坏坏一笑："你终于认识到自己的错啦？你的那点儿尊严不要了？嘻嘻……"

前段时间，和她说到这个事情，她微微笑道："朋友之间，就是要相互包容，其实，我没有生你的气，只是在等你的道歉，不然我面子往哪儿搁啊？"海纳百川，有容乃大。宽容是友情的开端，也是快乐的源泉。愿我们彼此珍惜这份难得的友情。

后来的故事里，上天把结尾写上了悲哀，同时也添上了另外一行字：毕业了。

那些温暖的日子虽已成过往，成为你我生命中的记忆，任时光打磨，任岁月消退，却终究抹不去我对你深深的思念！那些过往的尘嚣中，应该有多少平凡而又细腻的感情啊！是时间、是命运、是遗憾、更是青春！

我敢说：谁的青春没有遗憾，谁的人生没有残缺。年少的我们不渴望太多喜剧的人生，不渴望得到一份干瘪的青春。只求有你的路上，看层林尽染，看日出日落，在一份惬意的午后，抬起头，仰望着蓝天嘴角泛着的余晖告诉你：此时，阳光甚好！

我怀念青春岁月的那些人，那些事，那些我心中抹不去的记忆！是你们带给我的感动和温暖像阳光、像蓝天、像那个永远长不大的孩子般告诉我。

美就在远方

文 / 王思雨

会当凌绝顶，一览众山小，站在山巅之上，一定会有这样一番豪迈的感觉，为了体验这种俯瞰众生的感受，我们都在锲而不舍地攀爬，可我们登山的方式却不尽相同，那些体力充沛的人选择徒步登山，体验这惊险与刺激，那些体质稍弱不宜步行的人选择乘缆车到达顶峰。

最后他们都欣赏了绮丽的山景，即使这两种方式截然不同，可如果当你无法选择第一种方法时，选择第二种方式又有何不可。

走在路上我们会遇见许多有趣惊险的事，嗅到空中弥漫的花香，山岗上那一颗颗挺拔的大树，阳光透过树林投下斑驳的影子，以及脚下惹人怜爱的嫩草，这一切的确很美好，可是在拥有这一切之前，你必须拥有一身健朗，一颗大胆冒险的心，可是这世界上并不是所有人都有着健全的肢体和一颗勇敢的心，那这就宣告着他们没有权利站在最高点吗？

不是的，上帝没有剥夺他们的资格，他们可以安逸地坐上缆车，不费力气地到达山顶，这有何尝不是一种欣赏美的方式。

登山如此，人生又何尝不是如此，当我们走在路上难免有的人走得快有的人走得慢，但这世界上并不是只有一条人生路，我们要永远充满自信，学会发现事物的简易之处，没有捷径就为自己创造捷径。

我们的路途还很遥远，但是这一切才刚刚开始，把握时机，选择一条适合你的路，坚持不懈地走下去。

我们要坚强

文 / 梁焕敏

我曾经独自走在林间的小路上，微风夹着清凉在树枝间飞舞，阳光透过树叶飞跃到肩头，猛地一下如黄莺般展翅飞到空中又如仙女撒下花瓣，落叶慢悠悠地落到手心，似乎还带着秋天的冷清。

心里为何有种想流泪的冲动？最近一个接一个的悲伤把我压得无法喘息，却又无人能说心事。那一片的幸运草园似乎也随着秋天的到来而凋谢。秋天的阳光那么温暖，可麻木的我早已经没有感觉了。踩着落叶前行，每一步都有轻微的声音震撼心灵，风吹拂着脸颊，似乎有些冷。我们都知道，不管未来是不是幸福的，但是起码都会有阳光的照射，温暖的感觉，可是这个世界不是一如既往的美好。

风继续吹着，落叶宛若一只即将离世的蝴蝶在空中飞舞，最后以优美的弧线如蜻蜓点水飘落在地，充满悲伤绝望的季节啊，再诗情画意也弥补不回受伤的心了，多少诗人画家为它吟诗作画，可当落叶飘落一地逐渐腐烂时，便什么也不是了。

就算我们再悲伤，可仍要面对未来。

就算天塌了，我们也不得不去撑起来。

只要有了这份担当，这份坚强，相信在不远的将来，那片天会比现在更加湛蓝。

回头望去，眼泪早已被秋风吹干，那条小路还很长很长，阳光把它铺得好远好远……

亲情树

亲历温暖时刻

文 / 任嘉宁

你是否经历过那样的一刻，冬日里一股暖流涌上心头？你是否经历过那样的一刻，心中的冰山顿时融化？亲历温暖的时刻，我懂得，爱其实一直在我身边。

上小学的时候，爸爸在外地工作了好几年，几个月都不回来一趟，电话也很少打来。渐渐地，我与爸爸疏远了很多，感觉他既熟悉又陌生，很少给我带来父亲的感觉。

一年寒假，爸爸回来休息几周。我则在各个课外班里穿梭，中午没时间回家吃饭，爸爸就说帮我送饭，陪我在教室里吃饭。

一天中午，上午的课一下，我就看到一个熟悉的身影走来，是爸爸。他一见我，往日常常紧锁的眉头舒展了，笑盈盈地朝我走来，但我没有表现得太过兴奋，长时间的分离让我对他很陌生。他坐到我旁边，一边打开一个个饭盒，一边自豪地介绍道："今天我亲自下厨。听你妈说你爱吃鱼，我专门给你做了红烧鱼。还有肉烧茄子……快趁热吃吧。"

爸爸做的菜色香味俱全，我大口大口地埋头吃起来。这时，一滴水滴到了桌上，不禁奇怪：哪里漏的水啊？我一抬头，竟发现汗珠正从爸爸稀疏的发间、几近光秃的头顶上渗出来，顺着他的脸颊流下来。如此寒风凛冽的冬天，怎么会出汗呢？难道爸爸是一路小跑过来的？从我们家到上课的教室可有十几分钟的路呀！爸爸竟然为了让我吃上像刚出锅一样的热乎乎的饭菜，在寒风中一路小跑到这儿？那一刻，我顿时感到一股暖流袭上全身。那一刻，我与爸爸之间无数充满浓浓父爱的记忆顿时浮现在眼前，那原本支离破碎的记忆渐渐融汇起来，在我的心里汇成了一个大大的"爱"字。

我充满感激地望着他，这时才发现爸爸的两鬓上新添了银色的发丝，眼角也爬上了明显的皱纹，我的内心不禁一颤。爸爸望着我，似乎察觉出了什么，他慢慢地说道："孩子，这些年，爸爸因为工作忙没能常常陪在你身边，但是请你记住，爸爸永远爱你。"那一刻，泪水模糊了我的视线。

亲历那个温暖时刻，我明白了，其实不管爸爸身处何方，他永远是爱着我的，这份深沉的父爱一直伴随着我的过去、现在和未来。

雪爸爸

文 / 张益可

陈舒雅是我们班的班长，也是我最好的朋友。

春节到了，我很高兴，因为爸爸、妈妈已从打工的南方回来了，我们全家团聚在一起，红红火火过大年了。

可是陈舒雅却不能，她告诉我，她爸爸打电话告诉她，由于工作忙，今年春节不能回家过年了。

我想，陈舒雅一定很伤心，因为我知道，一年都见不到爸爸，我们心里是多么的难受。

陈舒雅的爸爸是个解放军军官，常年守卫在祖国的西藏边防。

年初二，我怕陈舒雅难过，就约她一起堆雪人。昨天夜里鹅毛大雪下了一夜，早上起来地面雪有半尺厚了，正好可以堆雪人。

我喊陈舒雅来到院子里，陈舒雅很高兴我陪她玩，她拿了一张军人的照片，说，这是她爸爸昨天晚上从网上发过来的，照片上的陈舒雅爸爸手握钢枪，站在哨所前，背后是白雪皑皑的冰山，雪花落满了他的全身，看上去就像一个雪人。

我让陈舒雅收好照片，和她一起堆起了雪人，我们一把雪一把雪的堆，很快就堆起了一个一人高的雪人，陈舒雅细心地给雪人做了个高挺的鼻子，她说，她爸爸的鼻子最漂亮了。我找了个树枝给雪人手里做了一杆枪。

雪人堆好了，啊，真的好威武，好雄壮！

陈舒雅小心地抚摸着雪人，我突然觉得，这个雪人好像陈舒雅的爸爸。

我今天真开心，和好朋友陈舒雅一起给她堆了个"雪爸爸"，有这个"雪爸爸"陪伴她，陈舒雅也能和我一样过一个愉快的新年了！

假奖真情

文 / 刘树江

"我的成长，得益于两件宝贝，今天，我就向大家展示这两样宝贝……"

博士嘉铭国外学成归来，把在国外搞科研得的十万元奖金捐给母校设立奖学金，帮助那些品学兼优但家境不富裕的师弟师妹。学校请他在学校礼堂作报告，当年的老师悉数到场，连他六十多岁的老母亲也请上了主席台。几百名学弟学妹静静地注视着，对这位大名远播的学兄充满了好奇与期待。

嘉铭恭敬地给母亲、老师一一鞠躬，又朝台下鞠了一躬，神情庄重地打开一个精美的箱子："第一件宝贝，是当年班主任王老师补发给我的奖状，这张奖状使我得以继续我的求学梦，帮我越过了人生一道坎！这张奖状，我将终生珍藏！老师的恩德，我会终生铭记！在这里我要再次感谢王老师！"

王老师站起连连摆手："别这样，别这样，那张奖状是假的！"

此言一出，全场惊讶不已。岁月无情，当年风华正茂的王老师，已经人过中年，但眉目、言谈之中，依然闪烁着智慧和慈祥。随着他的讲述，师生们重温了那段艰苦而又温馨的岁月：初二，正是一个学生出成绩的关键时候，此时的嘉铭却面临了人生一场深重灾难，父亲因故去世，给本不宽裕的日子雪上加霜，当时正好实行责任制各家各户单干，母亲就有意让嘉铭辍学帮助持家，又于心不忍，就决定以嘉铭能否评上三好学生来定夺。悲伤、贫困加上压力过大，嘉铭期末考试仅列全班二十名。这学期正好学校分给班上八个三好学生名额，并要求按成绩排名划定。王老师虽然一万个不情愿，因各级对成绩排名十分看重，对嘉铭只好忍痛割爱。当他从嘉铭的眼神中读到失落时，陷入了深深自责：也许一个好孩子的前程就因此断送！怎样让弟子扬起希望的风帆呢？

第二天晚上，王老师一个人悄悄来到嘉铭家，拿出一张奖状并说明因由：因为嘉铭勤奋、诚实、上进，成绩也好，补报校长特批为三好学生。同时掏出了校长的亲笔信：考虑嘉铭同学家庭困难，特减免在学校期间的一切费用。嘉铭母亲的眉头仍未舒展，只是轻轻叹了口气。王老师又说："地里的活计您多受点累，瞅个星期天什么的我领学生来帮帮您！"嘉铭的母亲一个劲儿地抹眼泪："老师这份心，我们还能说什么呢？"

"那天我一夜未眠，不等天明就坐车进城买回了三十多张奖状，偷偷填上名字发出去了，那公章是我找了一个暖瓶塞盖上的！说来也怪，那茬学生好比吸足了阳光和水分的庄稼，齐刷刷地长起来了，成绩特别优秀，大部分考上了县城高中，嘉铭一路高歌猛进，一直冲出国门成了洋博士！"对于学生的成就，王老师十分欣慰。

"后来我就发现这奖状有问题，我和其他奖状一比较，公章模糊，大小不一，我就明白了老师的一片苦心！奖状是假的，其中的真情却重如山。当时我正处在一个坎上，是校长和老师的无私的关爱，助我渡过了难关。老师教会了我怎样做事、怎样做人，让我受益无穷。"嘉铭眼中满是泪水。

王老师道："哪里，哪里，嘉铭的成就，得益于他的自强不息和不懈努力，他上中学时就开始打工养活自己帮助家人，我只是尽到了一个教师的责任和义务而已。"

"第二件宝贝，就是当时老校长的亲笔信，渴时一滴如甘霖，这封信，解决了我、我们家的大难题！这份爱弥足珍贵，一直成为我前进的动力和基石……"

老校长颤巍巍地站起来："我怎么记不起来，让我看看当年我签的条子……这不是我的字，王老师，这是怎么回事？"

王老师有点不好意思："这点小事，我……没好意思麻烦您，自己解决了。"

"这就是说——孩子的学杂费全是你一个人给垫付的！当时你还是个民办教师，一个月几块钱拖家带口地过日子……"嘉铭的母亲不知说什么好，不顾众人劝阻，坚持拉着儿子再次给王老师恭敬恭敬地鞠了一躬。

自己画个日历牌

文 / 张益可

爸爸去南方打工已经有两年了，我和妈妈、奶奶留在家里，不是爸爸不想接我和妈妈去他那，是因为奶奶半身不遂，妈妈要留在家里照顾她。

有几次，妈妈也狠心对我说，我马上就叫你爸回来，哪怕房子不盖了，这日子我实在受不了啦。那几次，妈妈流泪，说狠话，都是因为我的学习。我上三年级以后，作业和考试都有作文。我看见作文就头疼，一次期中考试，我作文得了个0分，她看了就气得劈头盖脸地打了我一顿，我哭着说，妈妈，我以后一定改，一定不惹你生气。妈妈哭着说，我马上就打电话叫你爸回来。可晚上我听见她给爸爸打电话却说，晓丽学习好着哩，作文也有很大进步，你安心工作吧。

爸爸直到过年才回来，爸爸回来，我们这个年过的十分幸福。

爸爸年初八就要走，我真不想叫他走，我看妈妈也不想他走，几次他们商量我听见她对爸爸说，要不就回来吧，新房子不盖就不盖，你看，晓丽离不开你，特别是晓丽马上就上四年级了，学习越来越下降，我又辅导不了，另外，你一个人在外面，没人照顾你，吃不好，睡不好，还孤单，我也不放心。爸爸好像也下决心了，说，好，我过去再去干三个月，把去年老板欠我的加班工资一起结算了就回来。

听说爸爸还有三个月就回来，我高兴地跳起来。我就用图画笔画了个日历牌，贴到了墙上。以后，我每天都会画掉一天，我盼望，等九十天画完了，爸爸就会回来了。

"小财迷"蜕变记

文 / 李楠

从小我就被妈妈叫做"小财迷",意思嘛我不说你也知道。我不仅"爱财",也爱"理财"呢！平时大人给的零花钱我都舍不得花,想方设法节省下来,再把它和压岁钱一起存进银行里,也好让"钱生钱"！

可就是我这样一个"精打细算"的"小财迷"竟然也上过当,正应了"人在江湖飘,哪有不挨刀"啊！

当时我只有九岁,那天妈妈领我去买菜,却意外地在市场边看见一个小摊位上围着一大群人,他们在干什么？出于好奇,我拉着妈妈挤进人群。原来他们在抽奖,而且是免费的,规则是：从一堆花花绿绿的卡片中挑一个交给摊主,摊主将卡片撕开,如果上面写"100",摊主就给一百元钱。反之,则要花一百元在摊主这买一件衣服。

什么也不做,就能白白的得到一百元,我一下子动心了,争着要去抽奖。妈妈摇摇头表示不同意,还拽着我要走,可是我的脚底就像生了根似的,拉也拉不动,还振振有词："白白就能得一百元,多好的机会,傻子才会错过呢！"

妈妈盯着我足足看了几秒钟,然后语重心长地说："好吧,不过有个条件。""你说！"我嘟囔。妈妈犹豫片刻,说了一句："自负盈亏！""行！"我想也不想地就答应了。

我迫不及待地"钻"到最前面,从那堆卡片里抽了一张交给摊主。

结果就是我不仅没有得到一百元，反而还损失了一百元，至于说那件衣服，根本就是旧的，谁也穿不了。

原以为妈妈会责怪我，可是却恰恰相反，妈妈反而安慰我说："宝贝，就当是花钱买教训好了，你要记住天上掉馅儿饼的好事永远不可能发生！"此时我才恍然大悟，原来妈妈早就知道那是一个并不高明的骗局。当时我还在心里埋怨过妈妈呢，为什么不阻止我，害得我白白损失了一百元钱？随着我一天天长大，慢慢地我终于明白了当时妈妈的良苦用心，她是想让我"吃一堑，长一智"啊！

后来，再有类似的抽奖，我都会像躲瘟神似的躲得远远的。去年姥姥家买房子缺钱用，我还"慷慨解囊"，把我的全部"家当"借给姥姥了。当时妈妈非常高兴，说我这个"小财迷"终于不爱财了。

兄弟，咱回家

文 / 卢涛

"儿子，陪我去个地方。"

那是一个傍晚，太阳完全落下了，天是灰色的。父亲从外面回来，突然对我说，这句话说得很慢，说的时候还喘着气。

我还没回答，父亲就牵起了我的手了。

"爸，我们去哪儿呀？"我问父亲。

"后山，我们去找点东西。"父亲蒙着头，告诉我。

父亲说的后山，离我家很远，我们走了半个小时才到，那里有很多田，现在人们都出去做生意，大都荒废了。

等我们到的时候，月亮已经出来了，淡淡的一撇，悬在空上，现在是六月，七点这个时辰，天不太暗，配合上若有若无的月光，我能看得到大片的田野被溪流分割，大部分上面是杂草，还有几块上匍匐着西瓜藤，瓜还没熟，小小的几个，娇憨地躲在叶子下面，露出不深的青黑色条纹。

这么晚了，来这个地方做什么呢？我很费解。

父亲没回答我，整个田野好像就安静了。事实上鸣蝉和青蛙一直不停，但安静总是相对来说的。我听不清聒噪的蝉鸣，却能很清楚地感觉到父亲似乎疲惫得很的缓慢呼吸。

"儿子，咱先挖块土。"父亲从兜里拿了个塑料袋出来。

"用啥挖呀？"我看着父亲空空的双手。

"就用手。"父亲蹲下，直接用手挖了起来。而且他不挑细软的水稻土，反而挖起了带着石砾的田埂土。

"爸，为什么挖这个硬土呀。"

"因为我小时候在这土上跑过不少路。"父亲说，"儿子你知道吗，我像你这么大的时候，晚上就很喜欢溜出来，和你叔几个在这疯跑。你吉叔跑不快，常摔着。"

父亲解释了一句，低下头，开始挖了起来，他的速度很快，一大块灰色的土硬生生被扒了下来，地上露出橙黄色的一片，有蚂蚁窜了出来，我好像看到他手上都渗出了红色，整双手都变成了褐色。

"爸，别挖了。"我有些吓到了，我不知道父亲怎么了。

"有这土，才算回家。"父亲莫名其妙地说了一句。

他抬起了头，看了看我，把土捧到了塑料袋里，也不说话。牵起我的手，继续往前走。

"爸，我们现在去哪儿呀？"

"偷瓜。"

"偷瓜？"在我印象里，老爸为人还算不错，别说偷东西了，就连借，他也一定是要按时还的，再说，那几个小瓜，偷来也不能吃呀。

我不敢问，父亲好像是累，但又不像是累呀。我说不出是什么感觉，就是被蒙住了一口气，呼不出来。

瓜田里很冷清，稀稀疏疏种着几个瓜。父亲走上前去，挑了个大点的，敲了敲瓜壳，这种不熟的瓜，敲起来声音倒是十分清脆，不过里面多是水分，不甜。父亲又摸了摸瓜，这时候月亮到半空了，比刚才露出的大些，天空是紫蓝色的，透出白亮的光，照在了父亲脸上，我看到他一根根花白的如同钢针般坚硬的胡子贴着青绿色的瓜皮，蹭了蹭，看起来很满足。

他选好了瓜，直接用手扯，瓜茎很韧，一下子还扯不出来，他一用力，跌倒在了地上。索性，父亲也不起来了。

他让我过去。他告诉我："儿子，我们小时候，就来这偷瓜吃，那时候瓜没熟，我们干脆把西瓜的根也拔了，扔到河里去。"父亲很少和我说他年轻时候的事情，这次不知道怎么了。

"我们那时候六七个人一起来，有人望风，有人负责摘，那时候你吉叔力气小，就负责望风，我们几个摘。然后把瓜敲碎，一伙人也不嫌脏，就在野地里吃，被蚊子咬个半死，也没事。"

"爸，现在你们怎么不来了呢？"我问父亲。

"来不了咯。"父亲嘘了一句，又自顾自说了起来，"有一回还碰上看瓜的，你吉叔跑不快，要被逮住了，我们干脆都不跑了，我们六七个大小伙子，那偷瓜的人也不敢说我们，就让我们回去。哈哈哈。"父亲似乎对以前的事情很满意。

"父亲，我们这瓜是拿来干什么的呀？"我问他。

"送人的，阿吉，以后你也吃不到这瓜了，我摘个，咱吃最后一回，砸碎，大口大口吃。吃完，咱就回家。"父亲说，"好了，我们走吧。"他起身，拍了拍裤子，又拉起了我。

月夜下一片安宁，草路松软，我抬起头，看了看清透的月亮，月亮看着我，彼此都不说话，一时间，竟忘了神。

突然，我感觉脚底一空，再反应过来时候，就在水里了。天啊，这附近还有这么个水塘，那时候我不会游泳。感觉水直往嘴和鼻子里窜，甚至连喊父亲的时间都没有，只能在水里乱扑腾，继而我感到一只手抱住了我的腰，过了就几秒吧，我已经回到岸上了。父亲浑身湿透，还好他在。

我人还好，就感觉鼻子还在难受。反倒是父亲，突然哇哇哭了，他像个小孩，四脚朝天躺在着，对着天空哭了起来。

他嘴里还嚷嚷着："阿吉呀，你要是没出去做生意就好了。你要是在家，咱就接着吃瓜，接着疯跑。"父亲的声音越来越大，他就冲着蓝紫色的天，冲着白亮的月亮吼着，眼泪大颗大颗的落了下来，划过他沟沟壑壑的皮肤，滴落，月光让泪水变得晶莹。我从小到大，没见过父亲哭，这是第一次。

父亲哭了好久，哭得很绝望，最后声音都单薄了。我不清楚他为什么哭，这种悲伤甚至传染了我，让我也有一种想哭的冲动。

"阿吉，我把土，把咱们一起偷的瓜都带来了。父亲拿起抓在另一只手上的袋子，朝着天空挥了挥，除了月亮，天空没有人看得到。

这时候我看到了星星，就那么几颗，光很暗，以至于我一直忽略了它们，那星星闪着微弱的光，好像在应和父亲。

人死了，应该会变成一颗星星吧。我忽然想起小时候父亲对我说过的一句话。莫名悲伤。

"阿吉，你快回家了，兄弟会来接你的。兄弟会带上这瓜，你……你那时候总被他们抢，吃到的不多，现在，现在兄弟我给你带来，都是你的，阿吉，咱现在回家。"父亲的语序很乱，脸上都是鼻涕和眼泪，像个小孩。

田头有几座老坟，绿色的磷火点点，在黑暗中窥视着这个哭泣的男人。

"爸，我冷。"我说。父亲终于不哭了，他注意到了我，起身坐了起来，冲我歉意一笑，一把把我抱在了怀里，他的衣服也湿透了，贴上去很闷热，"那时候你吉叔也掉进过这里，也是我救的。"父亲说，"当时刚学游泳，脑子一热就跳下去了，差点把自己淹死，还好没事。回去被你奶奶骂了好久。"

父亲说完，站了起来，一手抱着我，一手拿着塑料袋。

"兄弟，咱回家。"

"爸，我们现在去哪呀。"

"高速路口。"

"我们去接人，你吉叔。"

"他怎么了呀？"

"死了。"

月光如水，照着田埂上一个憔悴的背影。

哥哥变笨的秘密

文 / 刘树江

侄子侄女一块儿金榜题名，一个考上了省里的重点大学，一个考进了北京的名牌大学，和多年前我与二哥一块儿考入中专学校一样，在我们小山村里又引起轰动。父亲高兴得打电话招我和二哥回来，买了鞭炮拿上礼包去祝贺。大哥也大鱼大肉地十分铺张了一回。看着眼前的喜庆场面，父亲不由老泪纵横："你哥这个命呀，总算转过来了。"

大哥的命运在村里那些长辈看来是那么可惜。

小学时候，大哥的成绩一直是班时数得着的，老师也没少表扬，加上我和二哥的成绩一直居班里前几名，乡亲们见了父亲就夸我们兄弟几个有出息，将来一家出三个状元。

可是有一天，大哥的命运却因一桩意外而改变。

那天是星期天，北风呼呼地刮，冻得伸不出手来。我正在家拥着被子看书，才十几岁的大哥浑身湿漉漉地回来，冻得脸色乌紫，抖成一团。全家人七手八脚帮他脱下衣服，拥进被窝，半天才缓过来，晚上突然又发起了高烧。请医生打了好几针才治好。原来大哥听人说冬天砸开冰能逮出鱼来，就跑到村外水库一角去破冰捉鱼，不小心掉进了冰窟，好不容易挣扎着捡回一条命来。"唉，都是生活困难逼的，不然孩子也不会为逮条鱼去冒这个险。孩子懂事了。"父母理解哥的心境，也没怎么指责。

然而事情远没有结束，再回到课堂上，大哥忽然变笨了。成绩一路下滑，从原来的排头兵成落到队尾，后来干脆中途退学。

村赤脚医生说可能是那场高烧"烧"坏了脑子，大哥才变笨的。班主任几次来家访，一再劝父亲送大哥去城里医院诊治，他不相信一个聪明学生就这么轻易变笨了。大哥坚决不听，说我没病没灾不呆不傻地看什么病，父亲只好由他。

中途退学的大哥从此打柴做活儿挣工分，成为父亲里里外外的得力帮手。

每学期结束，每当我们兄弟俩从学校领回奖状，大哥总是接过来喜滋滋地抚弄半天，又小心地挂在室内显眼位置。父亲此时神情总是有些黯然，大概他在想大哥本来也应有一张奖状。

大哥变笨的原因，村人还有另外一种说法：他的"禄命"被收回了。四爷有声有色地讲道："早年邻村有一孩子，学习书本像吃一样快，十里八乡有名，师傅说他是状元之才。后来也是因为冬天掉进河里，得了一场大病，好了以后什么也学不进了。原因是他爹好杀生，上天收回了他的'禄命'。大有这命呀，我看因为是命中注定他家这辈只能出两个状元……"

父亲也是摇头叹息："命中注定，没办法！"

话虽这么说，可父亲发现，大哥还是喜欢看书，他的床头总是摆着各种途径弄来的书籍。而且在生产生活中，大哥很有头脑，慢慢帮助父母供出了我和二哥两个"吃皇粮"的，又娶妻生子成家立业，里里外外有条有理，日子也经营得红红火火。

"大哥，这个进化论可真是奥妙无穷！咱一个庄户人家，侄子侄女却这么聪明，在那么多学生中拔尖儿！真是可喜可贺！"我端起酒杯敬哥哥一杯酒，有意隐去了他学习上"笨"的那层意思。

"先放下，听我说！有些话，在我心里放了好多年了，不说，我心里难受，说出来，又怕你哥为此心疼我，就你俩的态度，看来今天我是非说不可了。你俩白当了大学生。你哥一点都不笨，比你哥俩聪明懂事十倍！"父亲总是把考出去的学生统称大学生，听出我话中意思，情绪有些激动，"开始我也以为你哥真的笨了，心想反正家里也供不起三个学生，就心安理得地让你哥退了学。可后来，我见你哥偷偷借来了同学的书，一有空就学习，后来还考了个什么自学文凭。当初你哥是因为咱家生活困难才去冒险打鱼，见咱家供不起仨学生又借这事装'笨'退学，只有这样退学，我们才心安理得。你哥是为了你们，也为了咱这个家呀！想想这些年，咱家最对不起的就是你大哥！"

"大哥……真是的，这么多年我们怎么就没想到呢？"我们都呆了，泪水不自觉地涌了出来，世界上还有什么比这兄弟之情更珍贵的？我们不知道怎样表达对大哥的感激之情。

"兄弟，别……"大哥刚要说什么，门外有人大嚷着进来，正是在外地做生意的二狗，向大哥递上了一个厚厚的红包："来晚了，祝贺祝贺！"

"这怎么好意思，你在外做生意还大老远跑来。"大哥一脸真诚。

"当年要不是你从冰窟里救出我，我哪里会有今天！到今天了，咱也都到中年了，那件事也就别捂着盖着了。借这个大喜的日子，我公开一个秘密：当时我不小心落水，旁边没有别人，正好有大哥发现了便拼命救了我，还让我保守秘密，我也怕父母知道挨训，就一直没说。"二狗说。

大哥很是淡然："我当时打定主意要退学，如果别人以为我是因为救人落水才退的学会弄得四邻不安，正好二狗兄弟也怕父母知道，就一块儿瞒下了这事。

爸爸帮我剪头发

文 / 张时雨

女孩子都喜欢长头发，每次看到别的小姑娘一头乌黑飘逸的长发，我总羡慕得要死。可我的头发不但长得慢，而且不用染，总是黄黄的。家里人总说，黄头发的人聪明，就当是安慰我吧。虽然将一头黄发变得乌黑难以办到，但是将头发养长一点还是可以的。

好不容易坚持了几年，总算长发披肩了，而且正向腰际发展呢。可爸爸妈妈却经常唠叨，说我的头发太长了，该剪剪了。还罗列了很多理由，诸如头发长洗头梳头都不方便，夏天脖子会被头发捂得很热。爸爸居然还说，头发太长，会吸收过多的营养，人会变笨。可我依然固执地坚持养头发，并说出养头发的种种好处来反驳所谓的种种坏处。

但我始终有一种不祥的预感，这一天终于来到了。那天，爸爸说帮我剪头发，并安慰我说，只剪一点点。没办法，我只得答应，但我要求爸爸只能剪一拃长。当爸爸拿来剪刀，让我摆好姿势，我紧张得闭上了眼睛，尽量不去想头发，否则我会如坐针毡，连呼吸都感觉困难。

"咔嚓"一声，剪刀无情地剪下去了，我还是能想象出那好不容易蓄长的头发缓缓飘落在地上。我嘴里不自主地念叨着，但这些话，我连自己都不明白。我终于忍不住问："剪好了吧？"爸爸见我很着急，笑笑说："剪好了，不过还要修理一下。"所谓的"修理"，就是把参差不齐的头发剪得齐平，我不禁发牢骚："你把长的剪了，结果发现剪多了，

有你，我的年华不寂寞

然后继续剪另一边，结果又剪多了，像这样剪下去，你要把我剪成秃子啊。""不会的，放心吧。"爸爸说完，又开始剪了。此时，我感觉剪刀发出的声音异常刺耳。

终于剪完了，我赶紧跑去照镜子。本来长得快要到腰际的头发，被爸爸"修理"到脖子根。这时，爸爸走过来，问我要不要再修理一下。为了不让爸爸再惨忍地剪我的"命根子"，我回应道："剪得很好，不用再剪了。""真的很好？""真的很好！"没想到爸爸居然自夸道："我就说嘛，我的剪发手艺还不错。"就在这时，妈妈回家了，估计还没看清楚呢，就大声赞叹："头发剪得好漂亮，你爸爸真厉害！"我在心里嘀咕：还厉害呢，剪得丑死了！

虽然爸爸帮我剪了头发，暂时感觉不适应，但是我理解他的一片良苦用心，就原谅他一次吧。等过段时间，我的头发就会长长的，那时我会风采依旧。

毕业礼物

文 / 滕卢涛

有些事呀，注定了一辈子忘不了。

那年马上就要初中毕业了，不知道哪里传来的，说是要送毕业礼物。那时候我们班长是个高高的男生，普通话说得很好，也不知道是哪里学来的，你们别笑，就因为这个，我对他很有好感，也不只是我，班里好些女生都对他有好感，就因为这，我想给他买个毕业礼物，一本小册子，能写点留言什么的。也没人要求我这么做，可我就是想买，不然觉得以后就见不到了。可能是好面子吧。

然而家里绝对没有给我拿来买小册子的钱，我去小卖铺看了，一个印花的册子，要七毛钱，镂空的蓝色硬面，看上去十分洋气。看到这本子，想到班长拿到它的时候写下一笔一画，我就高兴。我就想着帮人干活去赚钱。

那时候就我弟弟一人知道我要去赚钱这事，他还希望我给他买支钢笔，我说不行，等姐以后去外面做生意了再给你买。

刚好那时候有人种的果子成熟了，我去帮他摘一天，能赚两毛，也就是说只要四天就能赚到册子钱了。那四天，我就没去上学，反正去不去也无所谓了。

山里没什么路，果子摘筐里就得担下来，阳光真毒，我戴着帽子，脸上生疼。满眼是绿色，不过这个绿色会扎人。没有风，累得说不出话来，不知道是眼泪还是汗水就顺着眼角流了下来，但一想到班长坐在窗边挺直的脊梁，就感觉很有力量。他有件白衬衫，每天都是干干净净的，不像我们班其他那些泥块一样的男人，想到这些，就觉得很美好，好像也有风扑面吹来了。

第二天下了雨，我还是去了山里，本来不想去的，可想着快毕业了，咬咬牙还是去了。那个雨真大呀，打在脸上甚至快睁不开眼了，弟弟来找我，给我送伞。

他说："姐，别干了，别傻了，有什么用呢？"

他还想说，但停住了。我知道他想说什么。

就他一人知道我为什么来摘果子，我不同意，还继续摘。雨就打我脸上，那小子把伞扔了，和我一起摘。我叫他走，他犟得像头牛，弄到最后，还是和他回去了，还好两个人都没生病。

四天很快，那人看我一女孩子也不容易，给了我一块钱，你知道一块钱意味什么吗，一块钱都快可以教学费了。家里种田，赚一块钱不容易。

我攥着手里的钱，想明天去买本子。夜里，我坐在台阶上，没有风也无星，弟弟忽然跑过来了。他说："姐，我能不能和你一起去打工呀。"我以为他不想读书了，赶紧骂他，说还指望你考大学呢。他说他不想考大学了。我扇了他巴掌，我出去打工，也就是想让他能考个大学呀。

弟弟哭了，他说，家里穷，他在学校连支钢笔都买不起，有人笑他，他真的不想读书了。

我愣了，我从不知道弟弟这件事，我感觉心很难受。我说弟弟，姐给你买，买最好的钢笔。

无风，两人并坐，一宿。

第二天，我给他买了支钢笔，是店里最贵的那种。

到毕业，我也没给那个男生送小册子了，不过那男生还是收到了好几个册子。

我把这故事告诉儿子，儿子问我："妈，你后悔吗？"

我告诉他不。

其实，我说不清楚，只是想哭。

儿子的话：看到这个故事，我发了一会儿呆。妈说她为了弟弟不后悔，是呀，舅舅考上了大学，成为了家族的荣光，可是那又怎样，青春那次风飘过的努力，终究成了融化了的泡沫。也好，有遗憾，或许才是青春。

母 亲

文 / 刘树江

　　俗话说怕什么来什么，大冷天的，母亲竟然来学校找我了。更让人难堪的是，此时我正在和班主王老师无声地较量对峙。

　　我的同学中，父母当官做生意的不少，不差钱也不差权，差一点的也是拿固定工资的职员，我的父母却是再普通不过的农民，只会土里刨食，识字不多，穿着谈吐也土里土气，我虽然一切依赖父母，却又最怕他们直接到学校来找，于是和父母约法三章：如果非见面不可，就打电话到传达室约我到学校外面去。

　　"林幽，你再不说明实情彻底检查错误，马上通知你的家长来把你领回去！长此下去，我也会被你逼得犯错误！"虽然室内暖意融融，老师的话却和室外飘着雪花的天气一样冷，有点声嘶力竭，看来是对我彻底失望了。虽然到了午饭时间，老师却因为愤怒，把我留在他的宿舍内，坚持要我打电话让家长来。

　　昨天半夜，我耐不住引诱爬墙外出找网吧，被抓现行。我们这所学校，管理特别严格，一到晚上熄灯就大门紧锁，还有教师巡视监督，绝不容许同学私自外出。校长听说有人敢冒天下之大不韪私自外出，劈头盖脑地将班主任王老师狠狠撸了一顿，严厉要求查明原因，上报学校等候处理。

　　我无奈又无助的目光飘向窗外，忽然发现一个熟悉的身影。天哪！不偏不巧，母亲竟然在这个时候找来了！平日我极力反对并多次阻止父母来学校，虽然没有说明原因，想必父母也明白因由，肯定伤了他们的心。想到父母含辛茹苦供我上学，那言语目光中时时流露出的关切，我却一再伤他们的心，如果再见到我现在这个样子，肯定更伤心！我内心陡生一股难言的愧疚，一再祈祷着：老师千万别开门，千万别开门！

王老师眼尖，发现了母亲，忙打开门。见到一脸沧桑顶着满头雪花，冻得直抖的母亲，正犹豫着要不要叫门。王老师的话一下软和起来："请问，您是——"

"我是林幽的娘，来看看孩子。听说老师你正在这里辅导他学习，我就找来了。学生有福气，碰上了你这样的好老师！"母亲显然不知情。

王老师脸上明显一动，忙不迭将母亲让进屋，帮她拍打身上的雪，母亲连声说感谢的话，双手却一直抱在胸前。

王老师又倒一杯水递过去："来，坐下，先暖和暖和手。"

母亲显得有些手足无措，忙腾出手来接，这时却有一包东西从怀中掉出来，还冒着热气。

见王老师惊讶，母亲有些不好意思："麻烦老师了，买了几个热包子，怕冷了，一直揣在怀里，老师，待会儿你也一块儿吃点儿……"

王老师的喉咙动了动，眼睛往外冒湿气，声音也有些抖："您、您快请坐！"

"老师，不怕你笑话，这些天我在县医院治病，孩子坚持见我，昨天半夜跑到医院看我，我问他有没有向老师请假，他没吱声，这不，我刚打完针，就琢磨着过来跟老师说一声，别生出什么误会来。"天哪，这是哪跟哪的事？我可是从生下来就没见母亲撒过谎儿！

王老师的脸通红通红，像在做一番激烈的思想斗争。我以为他将要核实昨晚我是不是真的去了医院，没想到他竟说了这样的话："你不说这事我还不知道呢！林幽同学表现不错，学习也还刻苦，这不我正在帮他总结经验，找出需要改进的地方。"老师又转向我笑着说："林幽，以后外出可要请假哟！"

我一颗心放在了肚里！老师原谅了我，不再要开除我了！要不，他不会为我圆这个谎儿！

母亲欣慰地笑了，眼中，满含着感激和欣慰。

"好了，外边冷，这里有热水，你们娘俩就在我这里边吃边谈吧！我正好到同事那里有点事。"王老师把自己的空间让给了我们娘俩。

我感激母亲为我解围，又不解地问母亲："我一再不让你来，你怎么还是来了？你又没住院，你怎么会编出那一套话来哄骗老师？"

母亲淡淡一笑："我知道你心里不情愿我们来找你，可、可一打电话听同学说因为你晚上私自外出老师正发脾气整你，我就急了，不管不顾冒失地来了，临时想了这么个办法，给你解围，也让老师下个台。孩子，以后可得让娘让老师省心呀！我大雪天地走这几十里路来，就是为了让你吃一顿我蒸的热包子。你不知道，这是你大伯家送给咱的鲜羊肉馅儿，一年难得有这么个口福，我就琢磨着给你送点过来。这不，怕冷了不好吃，就一直揣在怀里。"

"什么，娘，这几十里路你走来的，不是有公共汽车吗？"

"娘这腿脚的还行，能省点儿路费就省……"

"娘，你真行，还幸亏你来了为我解了围。没想到老师大学毕业，让我娘一个不识字的农村妇女哄得团团转！"我心里竟有一丝老师被捉弄的快感。

"孩子，话不能这么说。你以为老师真的信了我的话？如果不是老师打心里关心你，他能这样轻易让你过关？为了不让我知道真相伤心，老师竟然也为你撒谎儿！孩子，人家老师也不容易，咱以后可要对得起老师！"母亲一脸严肃。

泪水无言地流出，我使劲点头，泪光中，我忽然发现母亲是那么慈祥美丽，又那么伟大！

无声的爱

文 / 张时雨

母爱像海那么宽广，像山那么高大，它是伟大的，无私的。之所以这样说，还得从"吃鸭脖子"的小事说起。

一天，我突然发现，妈妈吃鸭肉时，总爱吃鸭脖子。我感到很奇怪，难道鸭脖子很好吃吗？我决定探个究竟。

真是天助我也。第二天，妈妈又拎回一只鸭，说夏天吃鸭子可以降暑。妈妈烧好饭菜后，便招呼我和爸爸来吃饭。想吃鸭腿的欲望早已让探究妈妈为什么爱吃鸭脖子的念头烟消云散了，直到妈妈又在啃鸭脖子时，我才恍然大悟似的问道："鸭脖子好吃吗？"妈妈居然笑盈盈地说："好吃！""那我也要吃。"我赶忙说道。吃后才发现，这鸭脖子哪里好吃，肉少，皮厚，骨头多，一点都不好吃。那妈妈为什么喜欢吃鸭脖子呢？这一直成为我心中的疑惑。

时间过得飞快，眨眼间又到了周末，我突然看到一篇文章，小作者写的是他的妈妈爱吃鱼尾巴，他很好奇，跑去问同学，同学也说自己的妈妈一个样。查电脑后才知道，鱼尾巴上一排都是刺，根本没有什么肉可吃。因为妈妈担心孩子会被鱼刺卡到喉咙，所以一直自己吃鱼尾巴，而把鲜嫩的鱼肉夹给孩子吃。

此时，我也想上网查询，一探究竟。我输入"鸭脖子"，并点开搜索。不看则罢，一看惊呆了。原来，鸭脖子里有淋巴结，如果淋巴结清理不干净，吃了会导致癌症。即便清理干净了，妈妈也只会自己吃。

　　这时我才真切地体会到妈妈那如静静流水一般的爱，甘甜无比，令人回味无穷。妈妈那无声的爱，将一直陪伴着我快乐成长。

我的妈妈

文 / 何文娟

在每个幸福的家庭里，都有一位善良的妈妈，然而我的妈妈是我心目中最伟大的人。

我的妈妈有一头乌黑的头发，黑发就像瀑布一样垂下来，令人赏心悦目。妈妈有一双水灵灵的大眼睛，眉毛是弯弯的，好像月牙一般。妈妈的鼻子高挑秀气，既红又浓的嘴唇让人很妒忌。别人很爱化妆，可是我的妈妈从不浓妆艳抹。

我的妈妈不但漂亮，而且很勤劳。

那是一个阳光明媚的下午，我和妹妹活蹦乱跳地去上学，妈妈一个人在家里很无聊，望着院子里空闲的地方，灵光一闪，可以在园子里种些蔬菜呀。说干就干，妈妈找来锄头、铁锹、种子，把园子翻了一遍，然后种上我最爱吃的西红柿。妈妈每天都浇水，还给西红柿搭了架。直到几个月过去了，妈妈种的西红柿成熟了，我和妹妹欢呼雀跃，"今年有西红柿吃了。"我和妹妹可高兴了，妈妈欣慰的笑了。

妈妈的勤劳我永远不会忘记，点点滴滴都是珍贵的回忆。

爸爸别样的爱

文 / 余果

"喂！你干什么呢？你不知道写字看书都要离两支铅笔远吗？同样的话我都说过几百遍了！从小说到大，我已经说了 10 多年了！怎么就屡教不改呢？"不知什么时候，爸爸又悄悄站在我背后看我写作业，又像狮子一样大吼大叫第"几百零一遍"的教子经。我不服气地回头瞪他一眼，只见他也正瞪着我，一双不算大的眼睛在镜片后瞪得鼓鼓的，像要喷出火来。

啰哩巴嗦的"老太婆"，有什么了不起的？！我故意不理他，仍旧写我的作业。"你要造反啊！你还姓什么余，少给我们姓余的丢脸！"这个声音像打雷一样让人讨厌。真烦人！这么美好的时光，都让他搅和了！"不姓余就不姓余，我还不想姓余呢！"我恨恨地想。

吃晚饭时，爸爸挑起一块油光腻腻的排骨夹到我碗里，我立刻像看见鬼一样地把它迅速夹回盘子里。"你知不知道现在正是长身体的时候，现在不补充营养什么时候补充呀？挑食对你有什么好处？长大了可别怪我们没给你吃好！"爸爸刚才还平和的脸一下子多云转阴。"暴风雨又快来了，我还是快点吃完饭撒吧！"我心想。

果然，爸爸把碗筷重重一放，大声数落起来："这么大的人了，吃个饭还要家长这么费心！吃饭就像呼吸一样，是每个人自己的事情。为什么你就不能好好吃饭？这样的话要让我说多少遍才会明白？"我放下碗筷，气呼呼地起身走开。"一个老男人，成天就婆婆妈妈地说这说那，真是难受！"我一肚子的厌恶。

今天的作业要求上网查资料，我打开电脑时一不小心点开了爸爸的一个文件夹。"2014年日记"，这个文件名突然跃入我的眼帘。他每次都趁我睡觉时"审查"我的日记，礼尚往来，我也不用客气！这样想着，我点开那个文件。

我决定从最近的一篇开始看。"最亲爱的女儿，虽然每次都对你吼叫，甚至有时还会狠恶地'咒骂'你，但总是出于恨铁不成钢。其实，在你不知道的时候，我总是人前人后地夸奖你。在我眼里，你是所有同龄孩子里最出色的。看到你的成长，我真的为你而骄傲……"我有些不敢相信自己的眼睛，这是爸爸写给我的话吗？平常，爸爸对我除了批评还是批评，从来就没有表扬我的时候……

有一则众所周知的格言：良药苦口利于病，忠言逆耳利于行。今天，我更加深刻地理解了这则格言。母爱像春天的温暖阳光，让人感觉舒适惬意，而父爱却像冬天的刺骨寒风，让人不断提高耐寒能力。在爸爸每日每时的"恶言"鞭策之下，我在成长道路上踩出的小脚印偶有歪斜却一直在向前延伸……

鬼马狂想曲

蚂蚁的措施

文 / 张孝成

很久很久以前，蚂蚁王国的成员数量很少。

蚂蚁王国的灾难一直不断。

一天，蚂蚁国王正在王府的藤椅上闭目养神，忽然，一只蚂蚁大臣匆匆忙忙赶来，大声对它说："大王陛下，不好了！又一只蚂蚁被踩死了。"

国王听罢，脸部表情变得严肃起来："这可怎么办呢？必须得想个好办法才是啊！不然的话，再这样下去，我们的王国会有灭种的危险啊！"

"陛下言之极是！"蚂蚁大臣也忧心忡忡，"到现在为止，被踩死的蚂蚁，加上被风刮上天后摔死的，以及不小心掉到水里淹死的，等等等等，总共的数量已经不计其数了。确实要想出具体有效的措施来挽救王国的命运啊！"

这次，蚂蚁国王觉得动真格的了，它召集所有的蚂蚁高官来开会。会开了三天三夜，终于拿出了它们自认为非常有效的措施——当然，这措施是国王想出来的，大家都表示措施绝对英明正确，所以大家一致举手表决通过了。

这个措施是：大量繁殖，让意外而死的蚂蚁数远远赶不上大量的快速繁殖数。

蚂蚁国王笑了："这样多好，我的王国再也不用担心灭种的危险了。"

很多动物知道了这个情况，都感到有些滑稽，说："增加蚂蚁的量，固然不会灭种，但蚂蚁的意外灾难依然存在啊！要是在提高蚂蚁的质的方面多下些功夫，多想想办法，比如，怎样变得强大，怎样变得富有智慧，来远离死亡的威胁，那样蚂蚁王国才会真有出息呢！"

秋天里的春天

文 / 肖艳

春风吹来，大地一片生机勃勃。

花园里，百花盛开，前来赏花的游人络绎不绝。大家都把目光投在了那一片片姹紫嫣红中，却无人在意墙角边那朵不知名的小花。不，应该是小草。

它是小花吗？是的，至少它是这么认为。因为这个想法，让它受尽了所有花儿的耻笑。当所有花儿都盛放的时候，只有它一个在一旁默默为这个目标而努力。而其他的花花草草却认为它是痴心妄想——它只不过是一棵再普通不过的杂草而已。我也曾经问过它："你就这样平凡地过一生有什么不好吗？万一你真的只是一棵……"我不敢再说下去了，生怕伤了它的心。

"不，我相信我一定能成功的，无论你们怎么嘲笑我，我都一定会坚持的！"在它的眼中，我看到了一抹坚定。"你……"我真不知道该怎么说才好，也不想再继续说了，只好默默地摇着头走了。看到它还在为自己能盛放的那天而努力，我不觉为它叹惜……

转眼间，秋天来了，大地一片枯黄，花园百花也失去了原有的生机。猛然，我想起那棵小草。一转身，墙角边一株花映入了我的眼帘，那是雪白色的——那是一种代表着坚贞不屈、顽强拼搏的美丽颜色。"真是太美了！"我不禁为它赞叹，也为它惋惜："可过了这个秋天，你也还是会凋谢的！"我叹了口气，问它："努力了这么久，只活一个秋天，你……你不后悔吗？"

"不，我不后悔，最起码我曾经为自己的梦想努力过，哪怕只活这个秋天，我也知足了。我要证明给大家看，我不是杂草，是一朵花，是一朵能把它们的秋天当成春天开放、比它们更美的花。"在它的眼中，我又看到了那份坚定，而且比原来多了一份自豪。

也许第二年春天，在花儿们重新绽开时，可能只会认为那棵所谓的花在秋天枯死了，然而，它们却不知道这棵曾被它们无情嘲讽的小草给这个世界带来了多大的惊喜。它虽然没有在春天的百花群中绽开最美最绚丽的花朵，但它承受住了无数嘲笑，在经历过无数个日日夜夜的努力后，终于开出了最美丽的花，用自己独特的方式在秋天里为自己创造了一个属于自己的春天。

虽然它已经不在这个世界了，但我相信它没有逝去，而是去了更美的世界，继续完成它的梦想。在我的心中，从此多了一株雪白颜色的花朵，它一直在指引我创造一个属于自己的春天！

两只凤凰

文 / 张孝成

一只彩色的凤凰正在梧桐树上歇脚，来了一只浑身只剩几根毛的野鸡。

野鸡冻得瑟瑟发抖，哀求道："善良的凤凰啊，我实在太冷了，求您发发慈悲，给我一些羽毛暖暖身子吧。"

凤凰立即啄下一大把羽毛，交给了野鸡。野鸡感激地流泪而去。

又一只落了毛的大雁也来到凤凰跟前，请求凤凰给它点羽毛。凤凰二话没说，也给了它一大把羽毛。

这一切全被正带着孩子玩耍的猩猩看在眼里。

另一只彩色的凤凰也在梧桐树上休息。不过，它的嘴可没闲着："啊，我是天下最美丽的鸟儿。我是鸟中之王，我的羽毛五光十色，就是天上的彩虹也在我面前失色。"

"是啊，您那宝石一样的羽毛，能不能赏我一根？"麻雀献媚乞求道。

"好，甭说一根，就是一把我也给你。"凤凰啄下一大把给了麻雀。

"多么绚烂耀眼！我敢说，您的羽毛是稀世之宝——请给我一根，我好留做纪念。"乌鸦吹捧得更加露骨。它同样得到了一大把凤凰的羽毛。

这一切也被猩猩和它的孩子看在眼里。

几天过去了，猩猩和孩子又在森林里看到了那两只凤凰，不过，现在它们的羽毛都所剩无几了，样子十分难看。

　　"两个大丑鬼，哈哈哈。"小猩猩大笑地说。

　　猩猩一听，沉下脸，指着一只凤凰说："孩子，如果说丑，那一只才是；可这一只才不是呢！——它是世间最美丽的凤凰啊！"

　　"爸爸，你这样说，真让我快糊涂了。"小猩猩不解地睁大了眼睛。

　　"它用自己的羽毛给野鸡它们送去了温暖，这是多么美丽的心灵。而它——"猩猩爸爸又指着另一只凤凰说，"它自吹自擂，被吹捧它的动物要光了羽毛，这是多么可悲的行为！孩子，有些事情，表面上看起来相同，可实际上很不一样啊！"

虎大王的策略

文 / 张孝成

虎大王的管辖范围内有好大一群山羊。

管理羊群可是个美差——油水大，那是谁都心里有数的。

所以，虎大王的好多手下都想前去管理这群羊。

虎大王的心腹助理草狼为这事真急得不行。它三番五次去找虎大王，请求虎大王能派自己去当这群羊的头领。

可是，每每这时，虎大王总是叫它别急："此事万不可操之过急啊，你甭急，我会替你好好考虑的。"

草狼只好万分焦急地等待。

没想到的是，没过一天，虎大王竟然任命狮子来管理这群羊！

狮子美滋滋地上任了。

但是，没过几天，羊们就把狮子告发了——它每天竟然要吃两只羊！

虎大王看过羊们的诉状，立即把狮子抓了起来，并很快处以极刑。

"这回该派谁去管理羊群呢？"草狼心想，"恐怕会派我去了吧？"

但是，虎大王仍没派草狼去，而是任命金钱豹做羊群的头领！

结果呢，没过几天，羊们同样把金钱豹告发了——它每天要吃一只羊！

虎大王听了羊代表们的申诉，马上就把金钱豹咬死了。

"草狼，你过来。听着，我现在命你为管理羊群的总领，立即上任！"虎大王大声说道。

草狼还想说什么，虎大王已经回内室休息了。

奇怪的是，好多天过去了，也没见哪只羊来虎王府告草狼的状。

虎大王亲自到羊群视察，捋须微笑着问羊群对草狼的管理为何满意。

羊们异口同声地说："草狼头领不像狮子和金钱豹那样残暴，它两天才吃一只羊，比起狮子和金钱豹来，真是个大大的好头领啊！"

塑料袋的自述

文 / 李楠

大家好，我是一个塑料袋，从我"出生"不久以后就四处漂泊。

我先是到了一个小商贩的手中，然后又被一个小卖部的老板买走，后来我作为装零食的袋子到了一个小男孩的手里。等到我"肚子"里的零食"消化"完之后，小男孩就随手把我扔在了大街上，当时我清楚地看见在他不远的地方就有一个垃圾桶。还没等我落地站稳"脚跟"，就又被一阵风吹走了，风儿把我吹到了一条车辆十分密集的马路上。

很快，一位上了年纪的环卫工人看到了我，他立刻向我走来，我猜想他一定是想要把我带走。可就在那时，一辆轿车飞驰而过，随着一阵急刹车的声音，环卫工人应声而倒。我从他饱经风霜的脸上看到了难以让人忍受的痛苦。当时的我多么想仔细看看这位因我而受伤的环卫工人，想对他说声"对不起"！如果我有腿的话，我会自己走进垃圾桶，不会让他因我而遭此厄运，因为我觉得都是因为我，他才受伤的，可惜的是我身不由己，一阵风儿再次把我吹走了。这时我突然觉得自己很气愤，气那个小男孩为什么要把我扔到大街上？他在扔我的时候就没想到，他这么一个小小的动作会有什么样的后果吗？可我再生气也没用，因为我只是一个不起眼的塑料袋，我只能在心里祈祷环卫工人快点好起来，希望他可以平安无事。

那一刻我多么希望自己不是一个塑料袋，这样我就不会污染环境了，不会被人类称为"白色垃圾"。我真心地希望人类可以提高环保意识，不要再生产我们，或者说不要随意丢弃我们了。

　　我就这样无可奈何地漂泊着，我去了许多地方，如今的我已是千疮百孔遍体鳞伤。哎……我究竟还要再漂泊游荡多久呢？

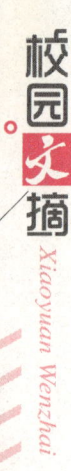
追求让梦想花开

文 / 梁粟丰

再卑微的灵魂也有一双梦的翅膀。无论是在怎样的逆境中成长，还是绽放在安逸而又舒适的环境中，用梦的翅膀在生命的边缘印上一串不羁的脚步，到了成功的彼岸，那翅膀的使命就完成，生命的意义就在梦想中悄然绽放。

——题记

"为什么我被阳光抛弃，与阴暗潮湿为伴，为什么我不能站在山巅，聆听风的呼唤？"这一次心灵的责问再一次叩击着野菊花卑微的灵魂，但无奈，它只能听从命运不公的安排。"多么想，多么想向世界发出我内心的问候，我多么想绽放在东方的第一缕晨曦里，让阳光充满我的世界。"

于是，一个美丽的梦想不期而至，在它心中深深扎根，渐渐根深蒂固。

终日的暗淡，让它感到无比伤痛，它也只能在这没多少养分的土地上吮吸着支撑它活下去的可怜的营养液，尽管很少，不，是太少。

太阳冉冉地从东方升起，它像世人所称赞的一样洒下无尽恩泽，却唯一遗忘了这里，它的一个忠实的儿女。寥若晨星的光线不小心地钻进山谷，照不亮黑暗，但足以让它感到欣慰：总算闻到太阳的气息。

夜晚来临，黑暗再一次轻易掌控这里，而这时，冰冷刺骨的寒风侵蚀着它的身体，它无法躲避，只能暴露在原地，咬着牙，告诉自己："加油，你可以的，忍一忍就过去了。"可这寒风仍旧凛冽，丝毫不想放下折磨它的机会。它隐忍着，但不曾流泪，梦想的实现，少不了磨砺。

当它还没有享受够这短暂的春日，夏雷的滚滚敲响了新一轮的冲击。

燥热侵占着它的领地，因为缺水，它身上的叶片枯萎至尽，根茎也不得不弯下腰。从身体滚落的汗珠打湿了周围的土地，它坚持着，"我可以的，一定可以！为了那一天，一定要坚持下去！"它强忍着水分被抽走的疼痛，苦苦支撑着，双脚不停地发颤。它渴望着一点水，哪怕是一滴一毫！但一场暴风雨的悄然而至将它的愿望击得粉碎。狂风呼啸，似乎要将这小小的天地翻个底朝天，一些枯木早已被卷起，只待时间消磨它的存在印记，宣告有一个生命的完结与离开。雨水的不期而至没有给它以喘息。低洼的山谷开始积水，看着一点点没过身体的积水，陷入绝境。"难道就要这样死去，我还有未完成的梦想！不！"它拼命直起早已僵硬的躯体，但水还是肆无忌惮的涨着，快要没过头时，积水停下了。

此刻，它早已筋疲力尽，它想放弃了，但它似乎被自己嘲笑着：嘿，老兄，放弃自己只不过是把头埋在水里一样简单，这多么可笑啊！即使想要离这个世界，也要看到明天的晨曦。没有鼓励，只有那个看似不可能实现的梦想。但也正是这个梦想，成为野菊花最后的天堂。

当积水退去，它欣喜地发现自己长高了许多，脚跟也比以前壮硕，它大口呼吸着雨后新鲜的空气，感觉到一种从未有过的释怀。

秋去春来，当它苏醒过来，一切在无尽的雪白中显得静谧而唯美，但唯一不和谐的是自己早已被冻僵的身体不停在刺骨的冷风中挣扎，但此刻，它自己的身体早已不听使唤，它头顶上的雪花似乎宣告着末日的来临，但来自心灵的呼唤让它默默坚持。但最终，积雪还是覆盖了它的躯体。这一次，它不得不低下头，留下一丝微弱的呼吸。

沧海桑田的剧变，让曾经的山谷变成高大的顶峰，此刻的野菊花被身上温暖的感觉唤醒……

当它再一次睁开双眼，发现自己站在山巅，环视着万壑千山，一声轻轻的问候响彻在云霄，金色的幸福在和煦的风里摇曳。

危机中的小兔子

文 / 张孝成

一只兔子被一只大灰狼盯上了。

很快，大灰狼就把它扑住了。

"这该怎么办呀？再想不出办法，就必死无疑啦！"小兔子万分焦急。

就在这时，它忽然看见附近有一只大白狼。

于是，它故意提高嗓门大叫："你不能吃我！"

"为什么？"大灰狼笑道，"你都死到临头了，还想怎么样？"

"因为不是你一个发现我的！所以你不能独吞我！"小兔子镇定地对大白狼喊道，"你也早发现了我的行踪，一直在搜索我，是不是？"

走到跟前的大白狼一听小兔子这样说，高兴得直点头，虽然它知道小兔子说的是假话——大灰狼逮住小兔子，它可是非常羡慕嫉妒恨呢！再说啦，不费一点力气，就能捞到兔肉吃，这样的好事到哪里找呢？

"老兄，你吃肉，也不能忘了给我一点汤吧？你听听，连小兔子都说逮住它也有我的一份功劳呢！"大白狼正式请灰狼考虑自己的要求。

"给你一份？我凭什么要给你一份？！你莫不是痴人说梦吧？！"大灰狼瞪圆眼睛，非常恼火地说道。

"你才痴人呢！"大白狼强烈不满地吼道。

结果嘛，它们扑向对方，激烈地打斗起来……

就这样，小兔子成功地逃脱了！

回到窝里，同伴们都夸它："小兔子，你真是好样的！在那么严重的危机中，竟然能逃掉，从而保住了性命！"

"危机，危险里必然有机会啊！好好动用我们的智慧，就一定能把握住机会，从而创造生命的奇迹！"小兔子微笑着响亮地说道。

有你，我的年华不寂寞

《白雪公主》新编

文 / 李楠

白雪公主的母亲死后，她的父王很快就娶回一个新的王后。新王后有一个魔镜，魔镜可以告诉她所有她想知道的事情。

"魔镜，魔镜，这个世界上谁最聪明？"王后问。

"白雪公主！"魔镜回答。

王后听了很生气，耐着性子又问："那谁最美丽？"

"白雪公主！"魔镜这样回答。

这回可惹恼了王后，她决心要除掉白雪公主。心肠狠毒的王后让士兵把白雪公主用绳子捆好，扔在一个深山里，想让野兽把她吃掉。可是却被在深山里的一个小矮人给救了。

王后以为白雪公主必死无疑，就高高兴兴地站在魔镜的跟前，问："魔镜，魔镜，现在谁最漂亮，谁最聪明？"

"白雪公主！"魔镜还是这样回答。王后一连问了三遍，魔镜的回答依然相同。王后查出白雪公主还没死，差点没气晕过去。于是，她化装成一个卖苹果的老婆婆，将一个有毒的苹果卖给白雪公主。当白雪公主把苹果送到嘴边想吃的时候，来了一个衣衫褴褛、长相丑陋的叫花子。好心的白雪公主就把苹果送给他吃。叫花子已经很久没吃东西了，眨眼就把苹果吃掉了。苹果里的毒药发生作用，叫花子死了。

白雪公主觉得是自己害死了叫花子，非常的伤心，一直哭泣着不肯吃饭。小矮人不忍心看着白雪公主伤心，就给她出主意："王后的魔镜也许会知道怎样才能让他起死回生！"

小矮人还答应帮助白雪公主去王宫里偷魔镜。因为小矮人比起常人小很多，所以士兵们都没发现他。小矮人顺顺利利地就把魔镜偷了回来。

"魔镜魔镜，请你告诉我，要怎样才能让这个人起死回生？"白雪公主请求说。

"不知道！"魔镜拒绝回答。

小矮人在一旁气不过，一把将魔镜抓起，大声吼道："你这个坏魔镜，你是坏王后的帮凶，留着你只会害更多的人，我要把你摔碎！"说着小矮人就把魔镜高高举起。

"不！"白雪公主赶紧阻止，"这不能怨魔镜，它不过就是一面有魔法的镜子，请不要伤害它！"

魔镜最终被白雪公主的善良感动了，它告诉白雪公主，只要把它放在清水里泡上一分钟，那清水就会变成灵丹妙药，给叫花子灌进去，他就会活过来。白雪公主照做了。

躺在水里的魔镜告诉白雪公主：其实它只是一面普通的镜子，因为被一位神仙撒上了灵药才变成了魔镜。

叫花子被救活了，并瞬间变成了一位英俊的王子，原来王子是被人陷害成叫花子模样的。最终王子娶了白雪公主。而魔镜变回了一面普通的镜子，现在还摆在他们的床头柜上呢。

狐狸的底线

文 / 张孝成

一片草地上，生活着狐狸和一小群兔子。

这一天早晨，树上的喜鹊忽然看到狐狸在撵一只兔子。兔子几乎走不动，被狐狸轻易地扑倒了。

看着狐狸有滋有味地撕咬着兔子，喜鹊气愤地说："你怎么能这么残忍呢？"

"我残忍？狐狸吃兔子，天经地义呀！"狐狸并不停下享受，"不过，我得给你说清楚了，我和残忍是丝毫挂不上钩的，因为我是一只有底线的狐狸。"

"底线？"

"我只吃那些大病缠身的兔子，这些兔子，就是我不吃它们，它们也很快就会没命的。再说了，我这也是给兔子们解决了累赘呀！"

过了一阵子，喜鹊发现狐狸又在吃一只兔子，忙质问它："据我看来，这可不是重病的兔子，你干吗要吃它？！"

"呵呵，重病的兔子都让我吃完了，所以我的底线变了。我现在只吃年老的兔子。你是知道的，年老了，不能干活，要靠其他兔子养着，这也是个沉重的负担啊！"

又过了一阵子，喜鹊发现狐狸在吃一只非常健康的年轻兔子！

"难道你的底线又变了？"喜鹊眼里要喷出火了。

　　"你说的对！"狐狸说，"年老的兔子已经被我吃完了。我知道，这群兔子的数量很有限，所以现在我每天只吃一只兔子。前提是，确保这群兔子的总量不至于下降。绝不能让这群兔子绝种——这就是我现在的底线。"

　　喜鹊气极了，大声说道："无尽的贪欲让你一而再再而三地降低底线的高度，结果肯定是这群兔子遭受灭顶的灾难！"

　　——事实正像喜鹊说的那样，不久，这群兔子就都进了狐狸的肚子。

玩具军团探险奇遇记

文 / 曹开煊

在一个夜晚，月亮像在天空中的一盏灯，将它那皎洁的月光洒向大地。远处，星星在眨着眼睛。

突然，一道黄色的光线划破了天空，它悄无声息地落到我们家里。

不可思议的事情发生了。我们家所有的玩具，玩具机器人、玩具熊、玩具蛇、玩具坦克、玩具飞机、拼装的玩具战士……竟然都活了起来。

这些玩具想去撒哈拉大沙漠，因为它们有一颗向往探险的心。

它们集合起航了。玩具飞机带着这些玩具飞向撒哈拉大沙漠。

两个小时以后，它们终于到了。

它们坐上玩具车，开了一会儿，在漫天弥漫的风沙之中，看见了一栋建筑，一块块一层层都是用与小轿车一样大小的巨石垒砌，整个建筑就像个巨大的三角形椎体，尖尖的顶部直插云端。它那么高大，在风沙中又显得那么神秘和玄奥。

玩具们恍然大悟，原来这鬼斧神工又巧夺天工的建筑，就是它们一直在找的——金字塔。

它们被眼前这一个庞然大物给吓呆了，领头的玩具机器人苏塔定了定神，说："我们快开始吧！"

它们用自身就有的声纳探测仪，扫描了金字塔，发现入口的开关位于左边那个面儿的第五层的第七块石头。大伙儿敲敲这儿，敲敲那儿。忽然，玩具战士乒乓发现了一个地方和别的地方的声音不一样，它敲了敲别的地方，"铛铛铛"！又敲了敲它刚才发现的地方，"咚咚咚"！大伙儿异口同声地说："快按下去！"玩具战士乒乓用力按了下去，金字塔的另外一边响起了"轰隆隆"的声音，它们过去一看，原来是金字塔的门打开了，这扇门可真大啊！它们看了看金字塔，小心翼翼地迈入这扇大门。

此时的这一幕，让它们惊讶不已！

眼前是一个大宫殿，宫殿里东西很少，有几个千姿百态的小妖的雕像。机器人苏塔说："大家不要动宫殿里的任何东西。"

可是，太晚了！

玩具熊灰灰已经触摸了一个雕像。说时迟那时快，小妖的雕像瞬间变成了真的会飞的小妖。小妖开始攻击玩具们。玩具们奋力抵抗，使用各种神奇招数，很快就把小妖们打败了。

机器人苏塔说："下一次不能再这么不小心了。"

正说着，突然，一个黑漆漆、透着阴森恐怖气息的石棺材从地上冒了出来。机器人苏塔用手轻轻碰一下它，缩了回来，又碰一下，又缩回来，看没有什么反应，这才放心地打开石棺。石棺内迅速旋转出一股强风把它们全部吸了进去。

惊魂未定的玩具们再睁开眼睛的时候，已经到了另一个宫殿，这里有很多金光闪闪的宝藏，有鸡蛋一样的红宝石，有鹅蛋一样大的钻石，有足球一样大的夜明珠，还有金币、银币，还有一个个的百宝箱，但是有一个狮身人面像的怪物挡在宝藏前面，说："要想拿走宝藏，就回答对我的谜语。什么东西早上走路四条腿，中午走路两条腿，晚上走路三条腿，腿越多时，越笨？"

玩具们冥思苦想，机器人苏塔很快就有了答案，对怪物大声说："是人！"怪物尖叫一声，然后灰飞烟灭。

玩具们把宝藏带回了家，然后又一个个回到了原位。

我睡醒之后，看着这些玩具，心里想：这是多么奇妙的一夜呀，发生了如此有意思的事儿！但是，玩具们把宝藏带回来藏到哪儿了呢？

我变成了龙卷风

文 / 孙文魁

　　龙卷风的威力想必大家都知道吧！它能摧毁城市、破坏家园，让人闻风丧胆。而我，也因变成龙卷风，给了人类一次教训。

　　那天放学，太阳火辣辣地照着大地。倒霉的是，这次爸爸不知道什么原因没来接我。我一边走着，一边擦着头上的汗。那时我没有水喝，口干又舌燥。不过天助我也，不知谁在地上放着一瓶水。我不管三七二十一跑过去，打开瓶子，一口气把水喝光了。喝完以后，才发现瓶子上有说明书：喝了以后可以变成龙卷风。我一下子吓晕了，我可不想变成龙卷风！

　　可惜，后悔晚啦。变成龙卷风后，我生怕伤害人们，就一直躲在沙漠里。不过，我又看到许多人在砍树，心里非常生气，便冒出个主意：我现在是龙卷风了，可以让乱砍滥伐树木的人受到惩罚。说干就干，我来到城市，房子立刻被我卷起来了。然后我又一溜烟跑到沙漠里，把风力慢慢变小，人们就被卷到了茫茫沙漠里。我心想：这下人们应该知道植树的作用了吧！

　　果然，人们在沙漠里无法生存。有个人提议说："都怪我们，乱砍滥伐，把森林变成了沙漠。我们应该植树，让沙漠重新变成绿洲！""对！"其他人齐声呼喊道。我看到人们悔改了，开始植树造林了，不禁兴高采烈。我的心血总算没有白费。那片沙漠终于变成了绿洲，我就把人们又卷回了城市。

　　这时，一个光圈飞到我的头上，还发出了金光。我许下愿望，变回了普通人。

蓝色家园守护团的暖星之旅

文 / 高域溪

在浩瀚的宇宙中，有一颗神秘的星球，被人类称为暖星。在这个星球上，生长着一种叫作"格格蓝"的神奇树木。这种树木长着心形的绿叶，叶子能够吸收空气和水中的一切有毒元素，并把这些毒素分解成无害的养分，释放到土壤里，滋养其他植物生长；更神奇的是，这种树木结出的果实呈金黄色，美丽异常，并能发出耀眼的光芒，驱散黑暗。

23世纪，由于人类不爱惜自己生存的环境，严重的工业污染已经把地球变成了一个剧毒的星球：到处是恶臭的黑色河流，到处是令人窒息的雾霾，人们整天戴着防毒面罩，医院里住满了癌症病人……

为了拯救地球，人类推选出10位最杰出的科学家，组成了"蓝色家园守护团"。守护团的使命是将"格格蓝"树木的种子带回地球，进行培育和大面积种植。希望依靠这种奇树，来解除人类的灭顶之灾，让这个曾经辉煌的星球，重新焕发生机，使它再次成为孕育生命的蓝色摇篮。

守护团的成员乘坐着最先进的航天器，带着全人类的重托出发了。他们历经千难万险，终于到达了暖星。这个外星球上的居民非常友善，他们同情人类的命运，答应帮守护团采摘"格格蓝"的种子。但是守护团到达的时机不佳，正赶上暖星的冬季，所有的树木都光秃秃的，所以人类需要再等上一年，只有等到明年秋季"格格蓝"的果实成熟，才能采摘到它的种子。然而暖星上的一年，却相当于人类的 50 年，在这 50 年里，地球的环境将更加恶化，污染将会夺去更多宝贵的生命。绝不能坐等 50 年！几乎绝望的守护团，怀着一丝希望，在暖星上仔细地搜索。终于，在一片森林里，他们发现了唯一一颗还没有凋零的"格格蓝"果实。果子已经熟透，散发着高贵的金光，让每个人的心头顿时温暖起来。

怕出差错，守护团的成员不敢贸然上树采摘这颗无价之宝，他们拿出从地球上带来的那面团旗，扯成平面，把旗子上红星的正中心对着果实。所有的人都抬起头，用炽热的目光盯着这颗无比美丽的果实。

人们就这样没日没夜地站立着、等待着，没有人感到苦，没有人感到累，因为他们心中都燃烧着一团希望的火焰。就这样，团员们整整等了 10 天，终于，在第 11 天的清晨，起风了，那颗果实在风中微微地摇动，所有人的心，也随之怦怦地跳动……忽然，果实从树枝上脱落下来，径直地落到旗子中央。一片欢呼过后，所有的团员都流下了激动的泪水。

守护团返回地球时，暖星人为他们举行了隆重的欢送仪式。团长第一个走进航天器，他怀里紧紧地抱着一只裹着守护团团旗的金匣子，金匣里面装着的，是人类能够继续在地球上生存下去的希望……

寻找快乐

文 / 张佳怡

  我整天都闷闷不乐，发誓一定要寻找到自己应该有的快乐。

  我晚上躺在床上，翻来覆去，怎么也睡不着觉，一心想着：快乐是什么呢？是考试考到了一百分吗，还是爸爸妈妈给我庆祝生日？或者是……我心里一直想着这个问题。直到第二天早晨，我连忙从被窝里钻出来，手忙脚乱地把该整理的给整理好。随后，我连早饭也不吃，就出去寻找快乐了。

  我来到小路旁，看见那些小草在阳光下摇来摇去，好像在跳舞。我走到其中一棵小草面前，问道："小草弟弟，你知道快乐是什么吗？"

  "对我来说，快乐就是每天能够看着路人经过我身旁。"小草弟弟一边摇摆着身子，一边对我说道。

  我又来到了树林里，问那棵大树爷爷："大树爷爷，你知道快乐是什么吗？"

  "我为鸟儿遮风挡雨，而鸟儿在我身上搭窝筑巢，这对我来说就是最大的快乐。"大树爷爷弯着腰对我说。

  我再次乘坐飞船来到太阳公公面前，透过飞船的舷窗，把头伸到太阳公公耳边，对它悄悄地说："太阳公公，你知道快乐是什么吗？"

  "快乐就是我每天把阳光洒给世间万物，看着整个世界充满生机与活力。"

听了小草弟弟、大树爷爷、太阳公公说的"快乐"后，我也就知道自己要寻找的快乐是什么了。我走到好朋友的家门口，去叫他们出来，和我一起玩游戏——老鹰捉小鸡。我和好朋友们玩得满头大汗，开心极了！

　　到了傍晚，我兴高采烈地回到家里，开心地对妈妈说："妈妈，你猜我今天找到了什么东西？"

　　"什么啊？快告诉妈妈。"妈妈疑惑地问道。

　　"是——快——乐！"我大声回答。

　　快乐是看着路人经过身旁，快乐是与小鸟融洽共处，快乐是把自己的阳光赠予别人。而我的快乐就是和好朋友们一起玩耍、嬉戏，把我的快乐也带给大家……

自然物语

家有"二宠"

文 / 李楠

我有两只宠物,一只叫"小乖乖",一只叫"小淘气"。顾名思义,就是两只很小的小动物哦,一只比较乖,一只比较淘气,你会不会联想到哪种动物呢?告诉你吧,它们是两只小乌龟哦!我和它们之间还发生过许多有趣的事儿呢,想不想知道呢?

镜头一

我正在陪"二宠"晒太阳,这时妈妈突然叫我去吃饭,于是我就把它们放在了床上。本以为它们会老老实实地待在那里等我回来,但没想等我回来时却发现"小淘气"不见了踪影。我和妈妈把床翻了个底朝天也没发现它,我急得坐在地上"哇哇"大哭,突然我觉得屁股下面好像有个硬硬的东西,难道是?我猛地站起来,果然,它就在那里待着呢,我真是哭笑不得呀!

镜头二

一天,我回家时看到两只小乌龟居然玩起了"叠罗汉"。"小淘气"正趴在"小乖乖"的身上,它的脖子伸出老长,像是在观望什么,难道它们是想齐心协力溜出"家"玩?还是它们正在做什么游戏?那姿势简直能让人笑掉大牙(我就笑了半天呢)。

镜头三

弟弟捧着刚刚买回来的电子琴玩，我突发奇想：乌龟待着会不会感到寂寞呢？不如给它们听点音乐吧！于是，我用电子琴放音乐给小乌龟听，居然意外发现"小淘气"爱听《蓝精灵》，因为一放那个音乐，小淘气就会摆动身体。而小乖乖却喜欢听《黄鹂鸟》，因为只要它听到这个音乐就会探头探脑的，是不是很有趣呢？

怎么样？想不想来看看我家的"二宠"？欢迎你来看看它们，不过，可别指望我会把它们送给你哦！

我最喜欢的小动物

文／曹开煊

　　我养过的小动物有很多，比如，小鸡、小鸭、小乌龟……但我最喜欢的，还得数我那只活泼可爱的小狗——"淘气儿"了。

　　我那只小狗是一只"松狮"，但是，它是个"串儿"，很像"金毛"。

　　小淘气儿，来到我们家的时候，才一个月，但已经三十厘米长了，全身上下都是米黄色的毛，除了鼻尖、尾巴尖是白色的。它长得可漂亮了，眼睛不但炯炯有神，还很迷惑你，每当它犯错误，你想打它的时候，看见了它那双水灵灵的大眼睛，你可能还没有下手，就心软了。它的鼻子是一个"寻找家"，不管什么东西，只要有香味，它都能找得到。它的嘴巴很大，有的时候打哈欠，嘴巴张的都快有我半个拳头那么大。它身体胖乎乎的，很可爱，还长满了毛发，远看像一顶皮帽子，四只腿像四个小柱子。淘气儿每次看到我都会摇尾巴，我虽然不知道是什么意思，但我猜测是对我这个主人表示友好的方式。

　　小狗吃东西时很有趣，记得有一次，我把一些狗粮倒进碗里，它就急得哼哼叫，然后又蹦又跳，眼睛睁得大大的，嘴里的口水都流出来了，我叫它坐它就坐，我就把食物放在地上，它就猛的扑上去，最后津津有味地吃起来，但是只要有人过来，它就会嗷嗷叫，好像人要抢它的食物似的。

上一次，我在吃饭的时候，看见淘气儿扭着脖子用嘴巴玩自己的尾巴，因为吃不到，所以出现了在原地飞速转圈的景象，逗得我都快合不上嘴了。

但它睡觉的时候就安静多了，一点儿也不闹，可乖了。

我喜爱我们家的小狗，你呢？

我仰观自然景象，让思绪飞！

文 / 张佳羽

风一边倒并不可怕，可怕的是没有一棵大树举起胳膊。风从胳膊上滚过去并不可怕，可怕的是孤立无援的树开始屈服。

一朵云想要永久地罩住一颗星星，星星从不躲闪。一棵树想要永久地戴上一顶云帽，云很快魂飞魄散。

风能摇摆千万条柳丝，却吹不动一颗微弱的星星。树能扛起整个天空，却扛不起一把锋利的斧头。

云游动时星星也在走，树招手时风也在奔跑。

星星是黑夜的眼睛，黑夜却什么也看不见。云朵是风的衣裳，风却四季都不穿。云雀能把大朵的云背走，却被看不见的风越吹越远。

想象能把一天池往事掀翻，却不能把雷声吓软。雷能把闪电撕成裂缝，风却不能从裂缝中洞穿。云亲近闪电，能留住风，却不能留住闪电。

闪电用惊悚扫描世界，雷声用分贝压断崖头，乌云用恐惧倾荡小城。星星躲在幕后，不是因为它胆小，是因为它无所谓。风搅进乱局里，不是因为它勇敢，是因为它是非不分。

树高了风景，低了阴影，闲时盘点四季，少了稚气，多了沧桑。

春天爱着树，树惦记着风，风想把云挂在柜子里，云飘着自由主义，自由主义点亮星星，星星迷乱着夜晚，夜晚包容着天空……

风缠在树上睡觉，不是它变温顺，是它在积蓄力量。星星向朝晖熄灭，不是它燃尽了自己，是它比不过太阳的光辉。云头落雨，不是它哭得很伤心，是它在卸掉沉重的包袱。

别猜忌树的心思，它一心想往天空爬，是养育它的大地的意思。

别抱怨风的土气，它一身忽浓忽淡的尘沙，是生活习惯使然。

别指望星星归心似箭，它迷失在远方，已记不起来哪里是故乡。

闪电和雷走得很近，雷在听觉上布阵，闪电在视觉上布阵，它们联手制造紧张，却忽视了乌云的助阵。乌云归隐以后，闪电再发脾气，却擦不出火花；雷再暴怒无常，却憋成紫茄子一样的哑巴。

我仰观自然景象，让思绪飞！

花飞花谢

文 / 李响

　　曾经，我被一种风景深深震撼。那是一个个飘舞的身影，那是一道道美丽的弧线，那是一片片花瓣最后的姿态……那一刻，芬芳的年龄，绚丽的生命，遭遇了一生中最刻骨铭心的喟叹。

　　"林花谢了春红，太匆匆，无奈朝来寒雨晚来风。"面对花谢花飞，前人有太多的伤感。"帘卷西风，人比黄花瘦。"那是词人孤独销魂，如花欲谢；"花自飘零水自流，一种相思，两处闲愁。"那是恋人望穿双眼，愁似红坠。花飞花谢演绎的似乎都是一个个缠绵的故事，一段段身心欲绝的情怀。

　　面对花飞花谢，多少次，我忍不住驻足凝视。喜欢用眼睛牵住花摇摇欲坠而随风飘舞的身影，习惯用心灵定格花儿容颜失色而后静卧大地的仪容。那时那刻，一种悸动，一种心碎油然而生，而后却是一种宁静，一种感动。在宁静的日子里尽情灿烂过的花儿，没有固守枝头，没有逃避风雨，不管是白天还是黑夜，不管有没有人为她们感到伤感或浪漫，她们都不会耽误生命中最后的旅程，即使这旅程的起点那么接近终点，他们也愿以流星般美丽的方式回归大地，去圆另一个注定沉沦却另有价值的梦，凄美，壮美！

　　在我看来，花的一生自有其耐人寻味的坦荡与智慧。花儿曾经在枝头绽放，美得让蝶流连，让人赞叹，但是花儿知道，再美的生命也会渐渐衰落，再美的青春也会有消失的一天。开，就缀满枝头，灿烂地拥有每一个瞬间；谢，就应时而动，与风共舞成就最后的美丽，给时空再添一道绝妙的风景。即使枯萎，风华不再，也要创造另一种未来，融入绿叶的蓬勃，秋实的丰硕。

喜欢索取的人们啊，用心品尝花飞花谢的味道吧，虽然你看不到花开时孩子般的娇艳可爱，也许可以感受到落花时母亲般沉甸甸的奉献情怀！

"落红不是无情物，化作春泥更护花。"仿佛花儿并没有逝去，仿佛生命在大地中得到了永恒！

赏月记

文 / 曹开煊

月亮缺，月亮圆，不知不觉就到了中秋节。

这几天，爸爸看了天气预报，说："这几天北京的天气不好。要不，咱们约几个人去十渡去吧！"

9月19日早上，我和爸爸，还有几家人一起从公主坟出发了。一路之上，绵绵的秋雨陪伴着我们，我心想，哦，My god，今天肯定看不着月亮了。

四个小时过去了，我们来到了十渡风景区的七渡。虽然这里也在下雨，却不影响这里的山清水秀，高的山被云雾缭绕，显得如此高大威武；矮的山朦胧重彩，好似被画在这里一样。群山峰峦叠嶂，更是在这种天气下被盖上一层神秘的面纱，连大人都夸赞起这里的美丽。

这时已经是中午，我们先去吃午饭，之后又到十渡游览，有的坐缆车，有的划船，有的兴致勃勃地欣赏风景。大家有的说有的笑，但是我的心还是悬着，心想：今晚上到底能不能看到圆圆的月亮？听妈妈说，过去是十五的月亮十六圆，但今年却是十五的月亮十五圆。我盼望着早点见到传说中的圆月。

大家玩的很开心。晚饭时间到了，我们回去吃晚饭。

饭桌上，大家你一言我一语，正说的开心呢，杜伯伯说话了："今天中秋节，大家每人来说一句吧！"

首先是黄伯伯说话，他说："中国有句老话'今年八月十五月无踪，明年正月十五雪打灯'，今天不知道能不能看到月亮，如果看不到，明天大家可以去八一湖一起赏十六的月亮。"

这时候，轮到我爸爸了，他说："刚才看到云层在散开，估计今天晚上能看到月亮，为此，编了一段赏月献词，献给大家：岁岁观月十六圆，今宵十五亮玉盘。天道地德厚此景，举杯相约酒满盈。风凉只道赏秋色，圆缺阴晴当放歌。生命华章有枯荣，实至名归意更浓。"

大家掌声响起。掌声刚落，一个叔叔跑进来，满脸兴奋地对着大家说："大家快出去看吧，月亮出来了！"

听到这句话，我那颗悬着的心终于落了下来。我连忙对爸爸说："我们快去看月亮吧！"

大家一涌而出，到了酒店外面，抬头向夜空看去，月亮犹如一盏点亮的灯，高高地悬挂在无边黑幕上，把它那银色的月光洒向大地。它那丝光虽没有太阳那样刺眼，但却一样地明亮；它那丝光虽没有那么强烈，但却散发着柔和；它那丝光虽没有那么耀眼，但却透着一丝玄奥。

听到很多关于月亮的传说故事，我今天想辨别一下真假，再抬头仔细看月亮，在它那散发着皎洁的月光里，真的好似有一位漂亮的小姐，她应该就是传说中的嫦娥了。再仔细看，里面还有一个小兔子，真乖巧可爱，哎呦，还在捣药呢！我顿时想到李白的一首诗："儿时不识月，呼作白玉盘。又疑瑶台镜，飞在青云端。仙人垂两足，桂树合团团。白兔捣药成，问言与谁餐？"

忽然，我看月光那边还有几个小亮点，我本以为是一颗星星，但爸爸告诉我：那些是孔明灯。在今天这个夜晚放孔明灯，应该是表达着一种祝福吧！

我发现，树杈之间，还有一只黑色的大蜘蛛，也静静地和我们一起赏月呢！

多美的时光！

我们一起能在这里看月亮，真是来而无憾呀！

晚上，我睡的很甜，还做了一个关于月亮的美梦呢！

观察乌龟日记四则

文 / 杨铭佳

第一则

2013 年 9 月 24 日　星期二　阴

我家养有一只可爱的小乌龟，它有一对芝麻小眼，眨的时候非常可爱；小乌龟有一个壳，当它把头、四只脚缩进壳里的时候，就像带着龟鳞的石头。

小乌龟的四只小脚带着尖尖的小爪子。你可千万别小看这些小爪子，它们虽然小，但是它们能抓掉人的一小层皮。小乌龟的叫声也十分可爱，"嘘嘘嘻"就是它的叫声。

乌龟是很可爱，可是它的小嘴是怎样吃一块肉丸大的肉呢？

第二则

2013 年 9 月 25 日　星期三　晴

今天，我注意了乌龟是怎样吃肉的了。

原来，乌龟是先叼着肉，然后再用小爪子用力地把肉撕成一小块一小块的，再分几次吃掉。如果有肥肉，它就会把肥肉分出来，不吃，就算有手指甲这么小的肥肉也不肯吃下去，真是挑食的小乌龟。

今天观察到乌龟的吃食，真开心。

第三则

2013 年 9 月 26 日　星期四　多云

今天，我听说乌龟会翻壳，这是真的吗？于是，我放学回到家让乌龟练翻壳。

首先，我先把乌龟弄得四脚朝天，然后对它说："如果完成了翻壳任务，我就奖励你一块肉。"贪吃的小乌龟听了，就想翻回来，但翻回来前，它居然先拉尿，可能是想放松吧？只见它用头顶着地板，四只脚向右边顶、摇，"唰"的一下就翻回来了。小乌龟用黑黝黝的眼睛一直看着我，在向我要肉吃呢！想起乌龟一边翻壳一边撒尿，真是好笑！

乌龟真是一只可爱又有趣的动物呀！

第四则

2013 年 9 月 27 日　星期五　晴

乌龟真的好胆小哦，怎么说呢？就用今天的事例来说吧。

今天早上，我又一次走近乌龟，我越来越觉得它可爱，就情不自禁地伸出手去抚摸一下小乌龟。但我一把手放到它的壳上，小乌龟就"嘘"的一叫，把头、脚一缩又变成一块龟鳞石头了。

真是名副其实的缩头乌龟呀！

蜗牛的恒心

文 / 马之军

　　有时，我一直觉得人的恒心与毅力非常重要，只不过要做到持之以恒、矢志不渝的境界也绝非易事。还记得有人说过这么一句话：什么是伟大？把一件简单平凡的小事做好就是不平凡。或许，这些不平凡得小事在我们心中也就是所谓的伟大吧！

　　蜗牛算得上我们这个星球上最古老的物种之一，可是在成千上万年的进化及演变中，当其他物种都能成群奔跑或站立行走时，他却依然保存着最为原始的爬行方式，不惜用身体来接触土地，做着最艰辛也最为滑稽的动作，其速度之慢可想而知。

　　在遥远的非洲东北部，有一种类似云雀的鸟类，他的飞行速度甚是惊人。在急速滑行时可以捕捉到两翼的昆虫。但他有一个缺点那就是飞不高，所以人们经常看见他在山脚或荒滩上空来回穿梭，这就给捕食者带来了可乘之机，人们把网设在低空的荒地上，由于它速度极快，在陷阱面前一时不知所措，早已来不及躲闪，只好成为了别人的战利品。

　　或许走得快，并不是一个人致命的缺点；但是你千万又不能飞得"低"。

　　快速的行走，固然可贵。在如今大街匆匆忙忙的人群中，任妈妈们似乎早已忘却了那些漫不经心散步的姿式，连骑自行车的老人也开始嫌弃自己的腿脚不好使了。而与快相反，蜗牛慢速度爬行不可谓不让现代的人们嗤之以鼻，像是走圈圈似的原地踏步，一般半天也爬不出多远的路程。

可多年前，人们在金字塔尖的裸岩缝里却惊奇的发现，那儿竟然有几处蜗牛爬过留下的痕迹。至此蜗牛是第一个爬上金字塔尖的物种被沉重地写进了历史。而急速飞行的云雀呢？死守着低空下的荒滩与田野，静静地……

存 在

文 / 彭雪茹

又是一年早春，杨絮漫飞，绒绒的白絮，让人好生怜爱。我不禁驻足路旁，伸手接捧了一团杨絮，仔细端详，絮绒丝丝相扣，走向清晰。我不禁感慨自然的神奇之手，如此之细微，精致。"这是杨絮借风力传播种子呢！"路过的一位白胡子老大爷停步自言自语道。我第一次看到如此震撼人心的播种场面，漫天"白雪"飘飘而下，或飘转栖息枝头，或侧身滑落行人间，不一会儿，人行道上铺上了一层天鹅绒般的纯白地毯，仿佛童话梦境。我低头轻轻吹走了掌心上的杨絮，不愿中断这个小

生命的希望之旅。只见这枚杨絮随风飘向了远方，忽上忽下，忽左忽右，像在朝我招手，又像在朝我微笑，很快，它与天空中无数羽毛交融在一起，带着一粒种子的希望回归大地。

我被这种大规模的播种而震撼，感动。这是一种不顾生命、不惜一切代价的传承与使命。但是这漫天飞絮多是散落地面，被行人践踏，生根发芽不必说，连漂亮的外衣都保不住。还有些杨絮虽是落在了泥土上，可少了充足的阳光和水分，到头来也是逃脱不了夭折的宿命。只有那么几株带着小伙伴们的梦想的杨絮，在肥沃的土地上拼命地吸收养分，散发生命的芬芳。纵然如此，每年春天他们还是如期而至，从不失约。

我在想，杨絮的这种只管耕耘不问收获的使命感从何而来？又是怎样的勇气让他们坚守着日夜不知倦怠的飘送？是深知生命的可贵，亦是发挥价值？还是证明存在？也许都有吧。

而我们人类从产生至此，从未停止过追溯生命根源的脚步，从伊甸园里的亚当和夏娃，到中国的女娲造人，从上帝造人说到猿人演变说，

我们不可否认人类对于生命的苦苦探索和敬畏。但我觉得这些都远不如存在那样重要。"存在即合理"，其实先哲早已明白这个道理。我们又何必万事究其根源呢？何不感谢生命的神奇，让我们如此真实地活着，有一颗鲜活的心脏，不停地跳动。如果说心脏是一座房子，那么我说它一定有两间卧室，一间住着痛苦，一间住着欢乐。不必苛责深究两间卧室的大小，因为幸福的人，总是计较的很少。何不感恩生命，拥有快乐，证明存在呢？人生不快十之八九，健康困扰，家庭争吵，甚至是一次考试失利，都让我们浅尝痛苦滋味。我们挣扎着逃脱命运的桎梏，努力着让自己多一点幸福。殊不知，这些其实都是存在的一种形式。我们存在着，感知美丽，感恩亲情，感悟人生，最后感谢生命。可别忘了活着就是生命的最大资本，况且快乐与否，全凭你掌握。

感谢上帝赐给我们如此绚丽的生命，让我可以像杨絮一般质朴单纯美丽的存在。

家乡素描

半隐山林半遁溪

文 / 滕卢涛

　　这是一个被遗弃了的经典，多年无人，也好，换得一份清静。

　　踏进山谷，也就我一个人。这个地方不大，但九曲连环的石头路确实带来了乐趣。我来的时候，油菜开放的日子，这里也铺了那么几块，黄澄澄的，在大片绿色中煞是喜人。那座大石门在最深处，刚进山时就能看到，但这时不必理他，我倒觉得这条贯穿内外的清澈溪流，才是这儿的主角。很多人喜欢去深山老林寻景，但毕竟今日不同徐霞客之时，深山老林里躲的化工厂，是会让你感到不悦的。倒不如图个修整过的清静去处。

　　里面竟然还有人家居住。普普通通的农户，散养了一批鸡鸭，门前一片芥菜，就住在溪水另一头，中间搭了一座木桥，我寻了一块巨石，把鞋脱了，踩着水底卵石到河中央坐上，看农妇临溪洗衣，那人穿得素净，处在这样一条安静的溪流边，非常和谐。河滩上很干净，没有游人野炊过的痕迹。下午很感动，因为一个地方，但凡被那样折腾一回，就变得灰头土脸了。我也不希望谁来这野炊，这儿不适合，这儿最大的乐趣，是你慢慢走在一条石子路上，低头侧身去钻进一个开辟过但依旧不杂乱的世界，说不上别有洞天，但清幽之景，确实能夺人眼球。

　　我坐在石头上，抬头看天，天被巨石遮掩，这看得到一小片，但我感觉这一小片天，全都是属于我的；再回过头看看水，下面是完全透明的，越往内，变得越蓝，到了被石块遮掩的暗处，这种蓝越发纯粹，超越了天，那时一种来自地底的安静和处变不惊，我看着，不敢出气，脑子顺着这水，往地底流去。

最暗的地方，藏着最美的光，原来，真是这样。

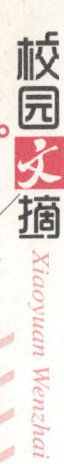

春天走进西城公园

文 / 牛清草

当冬伯伯脚步蹒跚离开的时候，春姑娘就跳着欢快而优美的舞蹈向我们走来了。

我在北门张望着。啊，紫荆花开了，一簇簇，一团团，一片片，像一只只留连枝头的小紫蝴蝶，是那么小巧玲珑、可爱俏皮，使人不知不觉地就想摸摸她，对她微笑。

向里走去，哇，梨花开的好茂盛啊，一朵挨着一朵，像一群群嬉戏的儿童，可爱极了。但她又是那么的纯洁，就像一张没有污点的白纸。

端详她时，就会想到母亲对我的爱，他们都是那么的纯洁无瑕，使人心生爱慕。

远看，梨花就像一朵朵白云，给人一种朦胧和高雅；近看，像一条条手绢，给人一种与生俱来的柔软和舒服；粗看像一团团白生生的棉花，不时地跳着欢快的舞蹈；细看，像少女美丽的裙子，散发着青春的活力。

仰起头，一缕阳光，照遍我的全身，让我感到十分温暖，才知太阳妹妹已经像小媳妇一样羞羞答答地从云彩后面跳了出来。

遥望远方，几棵柳树出现在我的视野内。我走了过去，发觉柳树的叶子已经从几天前的嫩绿变成了翠绿，给柳树增加了几分成熟男人的味道，调皮的小鸟在树上唧唧喳喳叫个不停，仿佛也在夸赞景色的美丽。

看着柳树，使我想到柳笛嘟嘟的声音；看着柳丝，就像看到了翠绿色的长丝带；看着柳丝，就像看见少女柔顺的长发；

低下头，草地上也长满了各种各样的小草，绿油油的，萌发着春天的气息，还有一些可爱的小花点缀在其中。

看着，看着，渐渐的我的眼睛模糊了，我好像看见小花变成一颗颗亮晶晶的星星，一片片小草变成了夜晚的天空，亮晶晶的星星像宝石，密密麻麻地洒满了辽阔无垠的天空。

一阵微风吹过，眯上眼睛，一阵阵香气向我涌来。

有花朵的香味，有绿草的鲜味，还有泥土的芳香。我醉了，我好像已经与他们融为一体了。我已经变成了绿草、鲜花和大树了。我和他们在土地上说悄悄话，在土地上跳舞……

向前走去，我看到了远方大片的涌动的红。

那红不是只有一种红。而是各种各样的红。有粉红、有嫩红、有浅红，还有玫瑰红。

他们是那么美，美得惊心动魄，美得让人心动。他们的美在我心中留下了浓重的一笔。

每个树上都有各种各样的桃花。桃花的五个花瓣也是各种各样的，粉红、嫩红、玫红、粉白……再配上嫩绿的树叶、嫩黄的花蕊。简直美得让人不敢呼吸。他们在笑、在乐、在互相欣赏，在争奇斗艳。

春姑娘，你把西城公园打扮得好美、好美……

我的家乡的洞庭湖

文 / 匡金火

（一）

我站在错乱的时空之上，仿佛看见有一条时光的隧道，从洞庭湖底穿过。我屏住呼吸，让飘逸的思绪，沿着这条隧道前行，波澜壮阔的洞庭湖尽收眼底。

踏着唐诗宋词的韵律，我着一身泳装，在清澈的湖水里，把那些遥远的纯净一一捡起。

我看见一叶孤舟上的渔夫，收拢撒下一天的渔网，没有惊喜，也没有沮丧，一脸茫然中，机械地重复着偶有所得。

我看见残阳泼洒的湖面，一只白鹭在波光里疾走，向着天空预支月色，也许，只有在银色的月光下，那一叶渔舟才会踏浪而来。

我看见枝头上的一只孤鸟，头顶天空，把浩渺的洞庭踩在脚下。

夜正长，梦也正长。

（二）

残霞消退，鸟儿已经列队栖息。

夕阳投入洞庭的怀抱，粼粼的波光，激起我深深的怀想。

暮归的老牛，背上早已没了牧童的身影，悠扬的短笛，早已散落在两岸的芦花里。

美到极致，真的令人神往。人人都说洞庭美，有晚霞的洞庭更美。

夕照的涟漪，一如母爱中的孩子，等待着梦想的款待。

这就是曾经的晚风吗？万顷的波涛啊，如何能使我的心变得宁静？

这就是曾经的纯真少女吗？遥远的洞庭啊，为什么要让岁月伴随着你我，一起老去？

（三）

水鸟飞过，天色暗了下来，我的洞庭被划成一个一个格子。

一个格子就是一家子的生计，一条船，一个家，湖面上漂泊流动的家园。

请允许我，再一次登上岳阳楼，远眺八百里洞庭，我向茫茫苍穹叩问，哪里是八百里洞庭？我日趋消瘦的洞庭啊，我不敢用脚步丈量。

闭上眼睛，我听见残阳泼在石头上的声音，我听见细碎的波浪，一步步走近堤岸。

一双桨，挥写八百里烟波。一张网，打捞五千年水乡。

期待长长的夜里，湖水与天空合拢，让洞庭痉挛的胃，缓缓蠕动，消化着千年涌动的梦。

（四）

我的洞庭，珍藏了太多的传奇，也屏蔽了太多的爱与痛。

柳毅传书，湘妃追踪，信息传递的生死轮回中，塑造了多少爱情的神话？

孤忠抱石沉江水，千古龙舟吊洞庭。屈子的身边，千帆竞发，渔歌唱晚，唱不尽千年的辛酸，千年的渔火，是洞庭失眠的眼睛。

你拥有的，无须等待。我等待的，是夕阳跌落后的一弯冷月。

慢慢的等待里，我的心与湖水一起律动。

我知道，我的洞庭，浩瀚的湖水，一定无数次珍藏着月亮的足迹。

（五）

无须别，终须别。

透过血色的黄昏，我看见一只候鸟在温暖的洞庭腹地栖息。

一叶渔舟踩着波浪而来，水草荡漾的火焰，在晚风中摇曳。远远的一粒尘沙，在黑夜的洞庭相逢，不需要任何言语的诉说。血色变成深绿，流连忘返的洞庭，缠绵着我无尽的爱恋。

我爱洞庭的坚硬。碧绿的帆影，碧绿的草木，碧绿的波浪，逼入视觉，融入灵魂。我的洞庭，像一块翡翠，永远闪烁着华丽的光泽。

我爱洞庭的静谧。宁静，辗转千年，缄默，激起永恒的情意。我的洞庭，像一面明镜，永远照着绿色的树，红色的花，白色的云。

我爱洞庭的柔软。波纹条条，是少女迎风飘舞的裙摆。我的洞庭，像一幅绸缎，永远绣出人间最新最美的图画。

我爱洞庭的鲜活。迎风的波浪，跳跃的阳光，伴随着我的心追逐。我的洞庭，像一湖上天的泪，永远浸染着钟爱的人，最纯最真的情丝。

她就在这儿

文 / 滕卢涛

许多作家标榜乡村淳朴的生活，张爱玲倒好，一语道破——都说乡村好，殊不知多买几斤腊肉都会被闲碎几句。

此话不假，有人的地方，就有丑恶，然而让我在城市和乡村中选择，我倒不如挑个镇子，安安静静住下。

我住的镇子，名曰"大荆"，只因曾是荆棘丛生之处，现在它已无荆棘，像所有小镇一样，平稳地在这儿，看石门潭的水缓缓流去，送出接回一批批儿女。

毫不客气地说，镇子的卫生做得很差，划块地方，就是垃圾堆，吃完零嘴，顺手就被人扔出去了，所以大街上常有被丢弃的垃圾。上次友人来访，看到如此景象，问我为何找不到垃圾桶，真叫人羞愧。

好在这儿清洁工勤快，所以第二天早上，地上还是挺干净的。撇去这点，小镇还是很讨人喜欢的。大荆位于温州和台州交界，传统的小吃，结合了两地特色，也算是自成一派。

早上卖锡饼和糕头的摊子，开得密集，其中以向阳街一家最为出名。这年糕是夜里打好的，软硬适中，黏牙有嚼头，菜在一个玻璃橱窗里摆着，花花绿绿一片，任您挑选，不过这些都没什么油水，要配上自己挑选的一块肥瘦均匀，炖了一晚上的红烧肉，剁碎和上，一口咬下去能泛出油花来，才叫味道。如果嫌冷，到店里面叫几碗豆腐干汤来，在热气腾腾中看不清了对方，只听到锅炉沸腾的咕噜声和邻人的交谈声时，才能彻底地感受到这世俗间的幸福。

像上面这种小店，镇子里还有很多，一户人家在这九十年代的灰墙黑瓦中，很安适地活着，你若问他们有什么梦想，他们还真答不上来。但庸庸碌碌地活着，有什么不好呢？

今年春晚，一首《时间去哪儿了》引发无数唏嘘，其实大可不必感叹，时间哪里都没去，他灿烂在早上的阳台之上，融化在正午的沙冰之中，凋零在黄昏的落叶背光的那面里，你活在哪里，时间就去哪儿了。现在，时间真躺在这个小镇之中，走得很慢。

所以不管它身上多脏，多拥挤，我还是会喜欢它。不管你觉得它怎样，它就在这儿了。

是的，它就在这儿，和我一起，春夏秋冬。

读书沙龙

有你，我的年华不寂寞

文 / 范开源

捧一壶香茗，执一卷诗词，在落叶纷飞的傍晚，借着斜阳的余光，轻吟着文字。

自从有了你，小小的两三岁的我就开始不那么寂寞。每天缠着父母读故事，已经是悄悄地踏进了你的大门。直到我能凭借自己的力量看完一本书，我才知道原来我之前接触的你皆是冰山一角。

自从读了陶渊明的《归去来兮辞》，我便是幻想着也能够成为那样的一名隐士，隐于山水之间，品茶论道，岂不快活？从那以后，我就爱上了品茶，仅仅是因为我的想象。

自从读了《唐雎不辱使命》，我就开始想象着文中唐雎所说的那几名刺客矫健英猛的身影，便希望也能做一名刺客。由于我身材较胖，那种腾飞之势便是毫无念想。至于武器，后来倒是缠着姥姥给买了一把短木剑，结果再一次玩儿的时候碰到墙上磕断了。从此便断了念想，老老实实做一名红旗下的好少年。

自从读了杜甫的《石壕吏》，我也曾想过穿越到那个时代，做一名隐姓埋名的英雄，劫富济贫，为天下人所敬仰。但是后来当我真正了解了那个时代，心头的冲动便是自然而然消弭了。在那个混乱的天下，谁去理会你一个"英雄"，几十发乱箭飞过来，早就成了活靶子。

自从读了沈复的《浮生六记》，我就开始成天成夜地向往着那种闲情逸趣的生活。它和陶渊明兄弟的归隐田园不同，只是在家的一点小趣，便是如此美妙，那可真是宛若天人了！但当老爹给自己讲明世事后，在社会竞争如此激烈的当下，想要有那样的生活，恐怕得等到七老八十的时候去农村才有了。我便瞬间打消此念。

……

有很多书，我读了之后皆有一种欲效仿之感，但是可实现度太低，便还是老老实实上学过生活吧。

当然，从一开始读书到现在，我心中总有着一个永远也消不去的念头：在黄昏斜阳的映照下，惬意地靠在阳台上的座椅上，捧一壶香茗，执一卷诗词，看房外落叶纷飞，借着夕阳的余光，轻吟着文字，享受着片刻的欢愉，当真美妙。

我想，在这个雾霾汹涌的社会，能够有这样的黄昏，貌似只是有一点希望。但是，在我认为，即使一点希望也是有的。毕竟，这是我心中读书的至高境界。宁静致远，在这样的一方安隅，享受这样的一片艳霞，体会这样的一种感悟，那当真是人生的一大乐事。

当然，书籍带给我的，也是远远不止这些。只是鄙人感悟颇浅，又迫不及待，只好言此。而也正是因为综上所述的种种因由，书，才能真正"浸吾肌肤"，如清风扑面一般，悄悄地充斥着我生活中三百六十五天中的分分秒秒，让我的青春不再空虚，让我的年华不再寂寞！

那场无比盛大的风

——读《前夜》

文／逢杭之

这本书中，有两个因素让我喜爱。

第一是对大自然的描绘。开头的菩提树，夜晚中突兀的甲虫坠落和衣物窸窣声，连绵的林、湖，夕暮中的红亭和赤塔。大自然奇妙的韵律让每个人沉醉。我们被纷乱遗忘在了自然中。静谧的气息里，有风吹过。我们像是变成了路标，在那昏暗的晚霞消失的瞬间，让思想指引着我们，推开窗。我们路标的箭头，直指着风吹来的方向。星辰无声地凝视着这场盛大的风。它们或许在闪烁吧；我看不见。脑中，空寂的房间里，波涛忽然涌起。在沉默的世界中，空气起伏，就像风吹过的叶片。一层一层向我卷来。耳中回荡着奇妙的音乐，我突然很想将手按住窗台，头探出窗外，对着那看不见的星辰和鸣叫着的思想，大喊。

那场风，将书页掀开。

"我真高兴你也走这条路。"舒宾的声音响起。在那深夜里，甲虫的声响都听得清楚。

这句话，我知道，并不是对我说。但风止息了，忽然就没了声。发丝的飞扬停止，慢慢又趴回到我的脑袋上。

屠格涅夫也许会笑着对我说，爱自然吧，走上这条路。

"同行者。"这个词让我莫名地欣喜。

我继续阅读。

叶连娜的心绪，细腻、敏感。这是此书的另一特色。这些人物，通过他们的言语和动作，渐渐展露他们五色斑斓的心灵。其实叙事一类的文章，也是用来写"神"的，文字处理在木块上，将我们的形象雕琢。上帝的意旨，思维的共享，临终前的平静。人们在玄幻的文字里，一次次走向我，又远离。我隔着一层帷幕看着他们，想要触摸，却又没有上前的觉悟。我看着他们在自己的生活里生活，痛苦着，快乐着，嘶喊着。我像是从天空望着他们。他们奔跑，我只是静坐着，就可以追上。有时不禁怜悯他们。对祖国热诚的爱，对信仰的尊重，对死亡的恐惧。国家，爱，和死亡。人们用他们仰望天空的眼睛和泪水的光泽告诉了我一切。我感受着他们所感，聆听着他们所听。

他们却不知我的存在，而为自己的希望，奔上自己的旅途。

他们曾经有过的思想，早已引他们走上不同的路。他们拥有属于自己的风和路标。我看不见他们所看见的。

当光泽退去，路不再有交集的时候，他们选择了追随、漠视和苍老。

"在我们中间会有真正的人吗？"

还是让我的回答，也像乌瓦尔一样吧：用谜样的眼睛，凝视着远方。

未来，总有一天会告诉我们的。

我的智慧行囊

文 / 马之军

在西安秦始皇兵马俑博物馆，行走在早些年被挖掘出来的成千上万个俑体中，有一尊跪射俑，特别引人注意，被称为"镇馆之宝"。仔细观察这尊跪射俑：他右膝跪地，左足竖起，脚尖抵地，目视前方而神情自若。秦始皇陵，南倚骊山，北临渭水，至今已有大量姿态各异的陶俑被挖掘出土，有挥戈相争的小卒；有怒弩而射的壮士；有铠甲戎身的将军；更有挥刀舞剑的猛士。但奇怪的是，人们惊奇地发现：跪射俑是所有出土陶俑中保存最为完整的，连衣纹发丝都还清晰可辨。

跪射俑何以能保存的如此完整？这得益于他的低姿态。首先，身高只有120厘米；而普通兵马俑的身高都在180至197厘米之间，兵马俑坑都是地下坑道式土木建筑结构，当棚顶塌陷土木猛然骤下时，那些高大的立姿陶俑便首当其冲，而低姿态的跪射俑所遭受到的损害就小了很多。正是因为跪射俑作跪蹲姿态，才得以让他能在几千年的地震中屹立不倒。

秦俑印证了一段记忆：在历史的风起云涌之后，他们进入了低沉的梦境，千年的表情里很快便将人们引入了战马嘶鸣的画面之中，我们仿佛又看到那些运筹帷幄的将军们挥戈而立，或许是关于精忠报国的信誓旦旦，又或许是对荣归故里的殷勤期盼……

千年陶俑在翩翩浮想中，引起了谁人的沉思，而我的智慧行囊又是什么?

其实,我所谓的智慧行囊,为人处事不也是要这样吗?在适当的时候,保持一种低姿态,这绝非懦弱和畏缩,而是另一种智慧的人生之道。人生的低姿态不是刻意地贬低自我,轻视自我;而是以一种平常之心、积极乐观的态度去看待身边的人或事物,去面对眼前的失落与不幸,把自己浸泡在一种积极、乐观、向上的心态中,来迎接生命中的每一天。

沈从文在"文革"期间,陷入了非人的境地,野蛮的批斗和监视不时还会把他包围。可他毫不在意,他在咸宁时给他的表侄、画家黄永玉写信说:"这里的荷花真好,你若来……"身陷苦难却仍为荷花的盛开欣喜赞叹不已,这是一种趋于澄明的境界,一种旷达洒脱的胸襟,一种面临磨难坦荡从容的气度,一种对生活童子般的热爱和对美好事物无限向往的生命情感。

就是在那个特殊的年代里,沈从文满怀极大的热情与壮志以古老而清秀的凤凰古城为背景,以湘西之地的古朴民风民俗为基调创作出了一首清澈、美丽,但又有些哀婉的田园牧歌式的《边城》之曲。沈从文一生从不自夸自傲,还多次以"乡下人"自居。他一再说自己"是一个实在的乡下人,自己有着根深蒂固永远是乡巴佬的性情。他保守顽固,爱土地,但也不缺少机警,却不甚懂诡诈之术。"这乡下人因从小漂泊江湖,"到处奔跑、挨饿、受寒;身体发育受了障碍,却发育了想象,而且还储蓄了一点点人生经验。"

低姿态的人生智慧需要我们满怀包容之心境,豁达之态度。"不以物喜,不以己悲!"外物的好坏与变化于我而言固然重要,但一个生命的价值怎会因外物的变化而迅速贬值呢?

在我的智慧行囊里,要懂得适时低调、谦逊。不时要弯下身来反省自己。吾日三省吾身,做一个实实在在的践行者,而不是去追求那些虚

无缥缈的空想家。

要坚信弯下身来，低处有风景！在 1961 年至 1976 年的"文化大革命"中，巴金认为"自己由人变成了兽"，也被迫参与了罪恶。在那个特殊时期，他曾写过批判孔子的文章——《孔老二罪恶的一生》。"文革"结束后，巴金不顾阻拦，毅然弯下身来，勇敢地站出来承认了自己的错误，并奔走呼吁建立一座"文革"博物馆。

这源于他对十年"文革"的忏悔与反省，他希望后人记住这段历史并从中吸取教训。不仅如此，他又重新拿起被剥夺写作权利多年的笔来，开始为刚刚过去的那场浩劫进行反思，开始孜孜不倦地创作《随想录》。他的出发点非常明确，就是要对"文化大革命"做出个人的反省。他的"随想录"表现出了一位老作家坦率真诚的艺术风格。正如他自己所言：如果没有对国家和民族高度的责任感："如果没有对人民深沉的爱；对真理和正义的强烈追求，作家就不会有这样的勇气在错误面前剖析自我，敢于反省。"而巴金不管自己如何衰老与病弱，不管周围发出什么样的噪音，他都会斩钉截铁地说："我要写下去，这是我的责任，这也是我的权利。"

在那个黑白不分的年代，这样的声音是不是显得尤为可贵？说真话、写真话是巴老恪守一生的信条。正正是因巴老敢于弯下身来，以低姿态的智慧，才得以让后来的无数知识分子在错误面前敢于不断捶打自己的良知，形成了另一道"百年文坛"上的忏悔意识。所以我觉得：人应该弯下身来，以一种低姿态去直面人生，如此的"风景"又怎会不精彩呢？

一直很喜欢这么一句话，不知是谁说的：每个人都是被上帝咬过后的苹果，所以我们不要太过于抱怨上帝的不公，在苦难面前只是因为上帝太过于喜爱某些人的芬香，所以对他要的特别重。在我的智慧行囊里，低姿态的人生或许就是那个被咬过后的苹果。上帝让他们一次次沉重地弯下身来认识自我、剖析自我、忏悔自我之后，才会给予每个人另一面芳香四溢的"精彩人生"。

生活给予每个人的都不会太多或太少，只要好好浇灌其中的一二，并不断地用低姿态的人生智慧去慢慢打造，我相信：每个苹果都是香甜的……

不知蕴藉几多愁，
但见包藏无限意

文 / 彭雪茹

花，素来是最美的时光，最美的生命姿态。自古便有"女儿如花"的说法。而在文学的花园里，有一朵奇葩芳华绝代，光芒万丈，她就是"直欲压倒须眉"的李清照。

—— 题记

花之娇

出生名门，天资聪颖，才貌双全。你将少女的激情，青春的欢愉，生活的高潮演绎得淋漓尽致。你走出深闺，在花园里荡秋千，到野外郊游踏青。

一花一草一世界，无不撩动你那根敏感的心弦。夕阳西下，彩霞印红了天际，微醉的你徜徉莲间。

惊飞的鸥鹭似是你青春的写照，年轻的旋律似乎在那一刻奏响，娇艳醉人。

"清水芙蓉"的纯情让你仿佛化身成了荷花，颇有人面桃花相映红的感觉。

含苞欲放，如花年华，你爱自己，你爱生活，你爱生命。

花之瘦

惜时伤春，浅吟低唱。这世界，什么能被彻底地藏住？比如红与绿。

花用开谢行走，兽用动静行走，人用生死行走。

还记得昨夜的景吧！醉后复醒，才知风疏雨骤。

满眼簇簇流动的绿，满鼻缕缕馨香的绿，满身柔若无骨的绿。蓦地抬眸，才发现绿中流淌的是琉璃浸染的红。流着一片深深切切的柔情，流成一片浩浩荡荡的执着，呈现出一种去日弥留的眼神。

试问卷帘人，有谁作伴？

少女的情愁远不及相思之苦。觅得如意郎君，诗文唱和，神仙眷侣，却是聚少离多。

把酒黄昏后，你依旧如此贪杯。单衣试酒的你，不可久坐风雨亭下，该披上你出嫁时的衣服了。

少妇独守空房，只有寂寞与无奈，物是人非，青春稍纵即逝，幸福也如阳光下的泡沫，美丽却易碎。

女人，便是多情的种子，而才华横溢的女人则让这个种子开花结果。

你，终究逃不了命运的归宿——情未了心先死。

花之残

金人入侵，山河破碎，黯然飘零，孤苦伶仃。那些快乐的生活只留住在记忆的深处，曼妙风河已经化作憔悴黄花。

淡酒浇愁，燕叫回肠，细雨打梧桐。观化正如花事已过，再也不能与夫"东篱把酒黄昏后，有暗香盈袖"。

菊花无人怜惜，更无人采摘。只有婷婷的花影和孑然的身影；如潮花光与融融泪水；煌煌繁花与双鬓繁霜。这时候的你，怎么能不想到自己？

愁绪连绵不断，似乎有千尺之长，雨水滴答，直击打心房。

人如花，花如命。寂寞，凄惨，悲伤，无奈，绝望。秋风起时，花将质本洁来还洁去，不留一丝痕迹。

残花亦美，美得让人能不生爱与怜？

花有情，花解语。花见证了李清照的青春过往，相思愁绪，千秋家园！

把玩零落繁花，低吟锦词妙句。读花，实是读一颗水晶的心，一曲生命的绝唱！

走过文学的百花园，读罢易安的一生，我才知道，有时候，拥有一朵花，胜过留住永恒的花季！

历史长河——一二·九

文 / 瞿婷婷

历史的长河波涛汹涌，永远暗藏着当代人们所难以理解的痛苦与耻辱。当灾难降临时，人们被激起了心底的愤怒。最弱小的人，却挥舞起了最有力的拳头。就这样，历史长河中最辉煌的一笔——一二·九运动爆发了。

呐喊声直冲九天云霄，"停止内战，一致抗日"的声音此起彼伏。76 年弹指一挥便过去了，如今和平年代的我们，眼前却也浮现出了那时令人激动的场景。

北平的学生们的步伐艰难地前行着，上千名学生走上街头，抗议华北自治，抗议日本侵略中国。他们的步伐，没有因为水龙的冰冷和冲击而拖垮了自己的信念。他们的脑海中只是为了拯救被列强层层剥削而体无完肤、苟延残喘的中国。

来自不同学校的爱国青年们于 12 月 9 日，寒风凛冽，滴水成冰，在黄敬、姚依林、郭明秋等共产党员的领导下，依次走上街头。学生们凭着满腔信念突破军警的阻拦开始进行了全国人民抗日救国的呼声。而军警却对这些爱国学生们棍棒相持，在寒冷的天气中，将冰冷的水柱喷洒到他们的身上。而他们掀起了全国抗日救国运动的新高潮。

如今，作为跨世纪的新一代，生存在因为那些前辈用自己的青春甚至生命打拼出来的和平年代中，面对未来祖国前途的无限灿烂，我们更应具有和他们一样的爱国之心。还记得新闻上出访国外参加演出的同学为了中国主权而毅然放弃自己可能会更加平坦的路时，我们不应该嘲笑他们的固执和无知，而应对他们肃然起敬。一二·九运动的精神应永存我们的心中。

今天，我们告别了战争，告别了苦难，告别不了的却是历史上每一个血与火的文字，告别不了的却是一二·九运动的伤痛。

心中的阳光

文 / 范开源

心中的阳光，是散发出的迷人的熏香；心中的阳光，是氤氲出的沉醉的芳香；心中的阳光，是流连出的曼妙的风雅……

你的双眼曾在朦胧中迷离了剑光，你壮志未酬的凄苦诉说着报国大愿。挑灯看剑时梦回了吹角连营，那段时光又仿佛历历在目。当年雄志冲了霄汉，如今却得如此田地！你并不曾灰心丧气，对朝廷的不满、胸臆间的愤懑之情，都挥洒在笔墨间、晕染在时间的光环里。"凭谁问，廉颇老矣，尚能饭否？"但还好，一份沉稳的洒脱，是你心中的阳光，辛稼轩，诗词，给了你一方战斗的天地，您那力透纸背的豪情盛开为阳光之花，泛在历史的河流之上。

一介布衣，哀叹平民疾苦，处江湖之远而忧国忧民。亲眼目睹了王朝的没落，心中的愤懑更愈强烈，便用自己的笔，倾吐着百姓的哀痛。"车辚辚，马萧萧，行人弓箭各在腰"是你对社会的愤恨，"安得广厦千万间，大庇天下寒士俱欢颜"是你在自己生活举步维艰之时，还为百姓疾苦所发出的呐喊。杜子美，唯有诗词是你心中的阳光，你的喜怒哀乐，生活的酸甜苦辣，以及你对社会战乱所带来的民不聊生的抨击和推己及人的可贵品格，皆在其里！

贵族子弟，却毫无贵族之气，喜广交友，但充满了哀婉与愁苦。爱妻的不幸去世，你方才明悟，妻子之于她是多么重要。"愁痕满地无人省，露湿琅玕影"，哀婉、凄美的语调，正是你不幸一生的写照与心情痛苦、充满愁绪的表现。纳兰容若，早期的欢快，是你心中的阳光，它令你在后来的不幸中，始终坚持！

"君不见，黄河之水天上来，奔流到海不复回"，我与李白一样慷慨激昂，将狂傲化为心中阳光；"明月几时有，把酒问青天，不知天上宫阙，今夕是何年？我欲乘风归去，又恐琼楼玉宇，高处不胜寒，起舞弄清影，何似在人间？"我与苏轼一起，去月宫尽情游玩，将潇洒化为心中阳光；"空山新雨后，天气晚来秋"，我仿若王维站在雨后初霁的林中呼吸着新鲜的空气，如此惬意、舒畅，将清新化为心中的阳光；"把酒祝东风，且共从容"，欧阳修举杯祝东风，微笑着欣赏大好的春光，将从容化为心中的阳光……

一灯如豆，一文在手。倏然间心有所悟：那用文字温暖了自己心灵的勇士啊，一直在为我们描绘阳光的色彩、诉说阳光的温暖、烘焙阳光的味道……

我心中的阳光，缠绕在吟咏他们的文字时发出的叹息里、弥漫在高歌他们的豪情时流露的愉悦里、泼洒在追寻他们的伟岸时响起的足音里……我持之以恒地沿着光行走，看到惊雷过后，拨云见日，河之彼岸已回暖的欣慰，便是一种自我的内敛，内心的宁静……

任花开花谢，岁月更迭，时光弥散，心中的阳光之花，都永远不败，只为，那春暖花开的时节！

中国梦·梦之语

文 / 马之军

中国，作为世界第二大经济体和具有全球影响力的政治大国，其崛起的速度令全世界为之惊叹；而较之旁观者的狂热，我们更应该冷静思考，如何让国人的整体文化素质与我国世界大国的地位相匹配……

当奥运的圣火在北京点燃；当"天宫"在太空轻盈盘旋；当亚运会的号角在广州吹响；当世博园在上海建成；当"蛟龙"号潜入海底；当"辽宁"号在大海上起航……历经改革和建设的风雨洗礼，伟大的中国终于崛起了！

当我们为祖国的伟大进步而欣喜自豪时，更应该清楚地认识到，在当今风云变幻的国际舞台上，国与国的竞争已不再局限于经济、军事、政治了。当今的世界似乎更看重人才，越来越以国民素质的高低来评判一个国家的强弱。我有一个梦想，我希望中国不仅在经济、军事上成为一个大国，更需要成为一个"文化强国"。

实现"文化强国"梦想，对本民族文化的传承是必不可少的。上下五千年的历史，孕育了如繁星般璀璨的中华文化。令人痛心的是，如今我们的许多国人放着祖先辛辛苦苦积累下来的财富不知开发，还盲目地四处寻找，孰不知身边的中华文化便是无尽的文化宝藏，作为炎黄子孙，我们岂能让这古老的财富白白流走？

我有一个梦想：希望每个中国人都能学好汉语。汉语不仅是中华文化的载体，更是联结亿万中华儿女的纽带。我一直觉得汉语是世界上最动人的语言，它历经人类文明的浸润，读起来才如此的字正腔圆、美丽动听。汉语文化博大精深，它不仅是人们交流情感的工具，更是中华文化的瑰宝。那平平仄仄的音韵，古老的方块字包罗万象，字里的乾坤非了解它的人是不能言其韵味的……

然而国人对此却视若无睹。当今，英语大行其道，我们疯狂地学习英语，甚至从幼儿园起，孩子们就每天被老师教唱着"ABC"歌了。我并不反对学习英语，但因为英语而抛弃了我们的母语，那就万万不应该了。殊不知，在我们苦背英语的同时，国外却逐渐掀起了"汉语热"，神秘古老的东方文化深深吸引了无数的外国人来学习它。

汉语作为世界上最早用书法表现的艺术文字，草书、行书、楷书各有千秋。但如今钢笔、圆珠笔、键盘早已取代了毛笔的地位。如今毛笔大概已经成了"稀有之物"，拿过毛笔的人很少，能写一手漂亮毛笔字的人只怕更是寥寥无几了，每所学校里的语文，数学科占满课程表下的孩子们，不停地张望，徘徊着我们隐藏心底的渴望。在小学的课程里，开设的并不是能让学生产生兴趣与创新精神的内容，面对这样的现实，我们难道不应该反省吗?

我有一个梦想：希望每个中国人都能发自内心地尊重和传承中华传统文化习俗。如今中国人在热情高昂地向西方学习的过程中，似乎逐渐迷失了自己，一些具有民族特色的传统文化习俗已经处在了悬崖边缘。

茶道本源自中国。在古代，茶是中国人的生活必需品，但随着社会的发展，人们观念的改变，茶渐渐退出了人们的生活。在今天，中国人津津有味地品尝着苦涩的咖啡的时候，日本却将从中国学去的茶道发展成了自己国家的特色文化，恐怕世人只知道日本茶道了吧!

中华文化博大精深，先人的辛勤积累，"子孙视之不甚惜，举以予人，如弃草芥"。如今我们不遗余力地庆祝情人节、愚人节、万圣节和圣诞节的时候，还有几人记得我们的清明、端午、中秋和重阳呢？国家为了保护这些传统节日，已将它们定为法定假期了。但依我所见，收效甚微。这些在中国历史上有重大意义的节日，在当今许多国人看来不过是吃顿好的、睡两天懒觉罢了！

无论是以前国外旅游景点特意用中文写"请不要随地乱扔垃圾""请自觉排队"等类似的标语，还是最近网上讨论得沸沸扬扬的中国游客旅游时爱在建筑物上刻写"某某某到此一游"，都提醒我们提高国民文化素质的重要性。因此，谈到"中国梦"，我最大的梦想就是我国能成为"文化强国"，当世界人谈到中国，都能为这个国家的国民文化素质竖起大拇指。

我有一个梦想：希望每个中国人都能传承和发扬中华民族优秀的思想文化。一个民族的思想文化无疑是这个民族一切进步力量的源泉，是提高全民族思想道德素质和科学文化素质的重要基础。若孔夫子今天还活着，当他看到自己的思想被自己的子孙忽视，而许多的外国人却对他顶礼膜拜，孔子学院遍布全球许多国家，他"己所不欲，勿施于人"的主张被挂上了联合国的大楼的时候，真不知道他是该喜还是该忧呢？

其提倡的"仁""义""礼""信"等思想影响了一代又一代中国人。然而从新文化运动起，国人开始对儒家文化如弃敝屣。即使到了今天国学有所"回温"，国人对这一文化瑰宝也还是不够重视。

令人惋惜的是，如今我国仍有许多的高科技人才外流，而我认为这恰是我国必须发展成为"文化强国"的另一个重要原因。因为只有文化上的认同感和自豪感才能激发我们的爱国之情。"天下兴亡，匹夫有责"，周总理从小便立志"为中华之崛起而读书"，我辈亦当为中华"文化强国"之梦想而奋斗。

放

文 / 彭雪茹

  人生苦短，几十载如梦。春去秋来，花开花落，云卷云舒，恍惚间岁月流逝。有些人、事如过眼烟云，而有些人，有些狂放孤傲的人，却常常流芳百世。

  九万里情怀荡漾，三千蒲水之上。曳尾涂中，逍遥一游于尘世。坚定的眼神，令人无限敬畏的大鹏，怒气冲冲当车的螳螂，自得其乐的斥晏鸟，以及在河里圆鼓着肚子的鼹鼠……一切的一切，没有令人生厌的礼呀，仁呀，忠呀，而是充满着一丝野味，好比一孤之日下一独树，有着一种不可企及的妩媚。有谁看不出他满纸荒唐言中的辛酸泪？对于这种充满血泪的怪诞与孤傲，我们却又怎能不肃然起敬？庄子的狂放孤傲，谱写了一首自由磅礴灵气冲天的长诗。

  历来改朝换代之人，少不了流血牺牲，而他却偏偏选择了一条狂傲不羁的路。陈桥兵变，黄袍加身，一夜之间取代了大周柴氏天下，开创大宋的百年辉煌。好一个宋太祖赵匡胤，做尽了天下之最放之事，放肆的大逆不道，却恰恰又是他，在史书上留下了浓墨重彩的大"宋"王朝。赵匡胤的狂放孤傲，奠定了赵氏宋朝的百年盛世。

  历史的车轮永不停息，回看当下，狂放之人也是大有人在。

  "20 世纪出生的天才作家，女的只有一个张爱玲，男的就只有我子尤了。"张扬狂妄，不爱接受"身残志坚"的赞许，不爱被称为 90 后的子尤拥有着对死亡的藐视，对生命的敬仰。即使生活在悬崖边，面对万丈深渊，一如既往的淡然与豪迈，因为你孤傲，有个性，有思想。你不愿意被命运所禁锢，你要的是像古战场的孤身将军，宁可血染沙场，也决不卑躬屈膝。子尤狂放孤傲，改变了一代90后人的形象。

何谓狂放？只不过是与常人不同，拿得起放得下，怎会不容于世了呢？狂放，是生命的一种姿态，是才气的展现，又是抱负的施展，更是一种"出淤泥而不染"的处事态度。也许，有些人是被狂放，被放逐，浑浊之世求生之道。但，这并不影响他们的睿智，信心与力量。当然，狂放不意味着无拘无束，不受法律道德之约束，如果一意追求我行我素而触及法律之底线，不但不能流芳百世，反而遗臭万年。

对酒当歌，人生几何？我们何不狂放孤傲一把，放逐灵魂与思想，即使不能成就赵匡胤之丰功伟绩，庄子的无为而治，那么就像子尤一样吧，不伤人不伤世，潇洒阔步，在短暂的人生中，让生命为之怒放！

为历史鼓掌

文 / 李欢

为历史鼓掌，因为历史让我们申办奥运会成功；为历史鼓掌，因为历史让 APEC 在上海召开；为历史鼓掌，因为历史写进了改革开放、西部大开发的时代。

回首中华上下五千年，弹指一挥间，中国经历了自然与历史的风霜雨雪，走到了今天。汉唐的辉煌，元宋的发展，痛心于清朝的腐败无能，惊讶于"南京大屠杀"的惨无人道……

1949 年 10 月 1 日，一个历史性的伟大时刻诞生了，新中国开始了新的时代，纵然其间波折不断，但是中国依然以崭新的面貌屹立于世界民族之林。

进入 21 世纪，随着综合国力的攀升，中国开始了自己的梦想，被人们亲切地称为"中国梦"。中华民族在经历过千万个辛酸与屈辱走到今天，清朝的闭关锁国，使中国成为了笼中之鸟。"鸦片战争"叩开中国的国门，从此中国的领土遭到破坏，人民遭受贫穷与屈辱。"洋务运动"把世界带入中国，注入新鲜的源泉，虽然未取得成功，但让中国人看到了希望。

直到 1949 年中华人民共和国的成立后，虽然其中"大跃进""人民公社"阻碍了中国的进步，"十年文革"痛击中国，甚至可以说是发展停滞，倒退。但中国人民怀揣着梦想与希望，披荆斩棘，迎风破浪，把

有你，我的年华不寂寞

改革开放写进国策，把经济建设作为国家中心任务，一切辉煌的成就，被中国人民书写。

这个梦，美丽的梦，伟大的梦，中国梦。64 年前中国人民梦想着新中国的成立，民族独立，人民温饱，这个梦实现了。

当卢埔大桥飞虹横跨浦江，明月在水上泼洒出点点闪烁的眼光，浦江又画出了一道神奇的风景线。抬头仰望，在灯光的映衬下，How magnificent！雄伟极了！如童话般的"彩虹"展现在人眼前，流光溢彩。曲线比直线更具有变幻的魅力，引导着视线做无穷地追逐。21 世纪，三峡工程溯流而上，漫步在长江上游，走近大坝，见到的是两侧动静的对比。汹涌波涛，如无数条奔腾舞动的巨龙，在空中溅起数米高银白色的飞珠碎玉，撞击着飞流直下。问苍茫大地，哪一处江河积淀了如此沉重的文化？哪一方水域曾荟萃了如此众多的灵秀？我们触摸到了发展的分量，中国的分量，历史的分量。

华夏那说不尽的美，那一个个完成的和未完成的梦，勾勒出涌在我心中的一首歌，中国的梦，不是梦，因为它一定会实现。明珠的夺目，三峡的雄伟，卢浦的独特，这是中国人民用双手创造的美，是中国已完成的梦。

中国，我要为你鼓掌，为"中国梦"鼓掌，为中国祖先鼓掌，因为他们为中国创造了无尽的财富，为中国的历史鼓掌，因为有改革开放，西部大开发，科学发展观等被书写进历史，更有那一个个完成了和努力着的"中国梦想"。

悲伤的源头

——读《悲惨世界》随感

文 / 逢杭之

悲伤是属于我们的。

——梭罗

《悲惨世界》里面不乏大片的关于历史、宗教、人物思想斗争，甚至下水道的冗长描写。然而语言是那样的宁静，我像在薄雾天里仰望初秋的大雁不急不缓地飞过。常常，文字里面带有着寂寞；不论是让·瓦尔让、沙威、吉尔诺曼还是昂若拉，无不是孤独的。他们的情绪无人明白，他们的高尚被人的眼睛射出的子弹打碎。昂若拉临死前无伤的身躯，挺立的、高傲的姿态，至今犹如在眼前。他唤醒人们内心的激情，我似乎听见他呼喊着："人们啊！不要躲在生活阴影的桎梏里苟且偷生，快快站起来吧！"他拯救了一些本来会逐渐沦为麻木的年轻人的思想；把湿漉漉的它们从泥潭里捞出来，洗净，拿在阳光——他自己身上所发出的光芒——下照耀。

古尔诺曼，马里于斯的外祖父，有次和九城讨论这个问题时，她说她不太喜欢柯赛特。柯赛特是个有点傻的姑娘，傻却天真。正是由于她这样的童真无邪，才使周围的人都爱上了她，因她而乐、而活。她的到来拯救了吉尔诺曼和马里于斯的关系，使吉尔诺曼变得天天容光焕发；然而，她毁了她的"割风"父亲。因此，在这里不多谈她——偏见会导致主观的评论。马里于斯是个倔强小子，但也有些自以为是。他对感情方面是忠贞的。或许是因为他的倔强，吉尔诺曼才感觉他同自己的相像，于是开始爱他。如果马里于斯也能够拥有这样深沉的对吉尔诺曼的爱就好了——然而这部书中除了马里于斯和柯赛特之间的感情是相互的外，大多都是长辈对子辈的爱更为浓郁。有时候我多么想变成柯赛特，当她与马里于斯相约在自家小庭院里闲谈时，告诉他外祖父有多么地爱他。当马里于斯被吉尔诺曼气走之后，后者呆呆地坐在椅子上。当马里于斯负伤像死人一样被抬进来的时候，吉尔诺曼蹀着大步激昂地坚强支撑着做了一番"其实死了对我真的没太大关系"的演讲。然而就是因为马里于斯这次"死亡"，使这祖父俩终于可以敞开心扉。他们的感情——对于马里于斯来说——终于开始萌生芽苗。柯赛特吸收让·瓦尔让的水分，用自己的到来给予这芽苗光芒和适宜的环境。

　　一方面可以说，柯赛特毁了让·瓦尔让，另一方面又可以说，柯赛特拯救了让·瓦尔让。

　　沙威，那样一个警官，像大理石。他总是无时无刻地出现在这部书的主角身边。他真堪称"神捕"，无论让·瓦尔让怎么把自己改名为马德兰，怎么改名为割风，怎么改名为其他，他都永远也无法摆脱沙威这个束缚。当沙威把自己封闭在这样巨大的名叫"职责"和"法律"的巨石里时，他是那么的威严，不为任何人动摇。然而当他几乎历尽一生追捕让·瓦尔让时，突然被后者所救，而且让告诉了他自己家里的地址。这时，他开始动摇了。岩石上出现了裂缝。他赶忙离开了让。大约从这时开始，其实让就已经几乎脱离了危险。而当沙威再次看见让从下水道里虚弱地爬出来，冒着生命危险却还救了一个半死不活的人时，他在把让送回家后就用他平生从未有过的姿势——背着手，书上是这样说的——迟疑地离开了让的楼下。他很迷茫，却又不允许自己迷茫。于是他像幽灵一样在桥头战栗。先是扔下了帽子在河流疾驰的旋涡中，随后也扔下了自己。

然而当让听说沙威死掉后，却还以为他只是神经失常，而且还感到一阵没了追捕的欣喜。他只是淡淡地思虑了一下。之后，大约再也没有想起过这个"陪伴"了他一生的警察吧。

其实这部书里面，每个人都可以写成一部书。比如昂若拉，若是用他的事例的话，应当也有他的一步步成长，一步步转折，一步步锻炼。最后以牺牲结尾。或是在牺牲后再加上一章人们的议论——我想最有可能的是麻木和遗忘，或作者自身的思想感情的叙述。

这部书的主角就是让·瓦尔让。其实它一开始谈论的是福来主教。我还纳闷儿：福来主教出场的时候就已经年纪很大了，还能写些什么？然而到了后来，这位尊敬的主教重塑了一个新的让·瓦尔让。他已经早早脱离了苦役犯的思想泥淖，而上升到了能时不时听到天使的歌声——真理和道德——的几近完美的人。而他在苦役监中数次越狱所锻炼出的强健肌肉也一直维持到他生命结束的最后几天之前。书中也说过，主教是他的第一位拯救者。第二位是柯赛特。

前者是被生活塑造的善良的老人，后者是被天使塑造的无知的儿童。因此我更尊敬主教——他是自知的高尚。

那段宁静的生活——他与柯赛特，在偏僻的小花园里面，就像两朵云彩，飘在社会之上。在雨果的描写里，很多人的心都是黑暗的。他们的心不值得称作"心灵"。而那些善良的幸福的人，一瞬间就可以像云朵一样纯洁地在看似无际的蓝天中漂浮。他从一开始就很同情柯赛特的母亲芳汀。或许觉得她和他有很多相似之处吧。那么一个好的人被社会底层污染，堕落。因此他加倍地疼爱柯赛特。我的记忆力不算好，尤其是看这部书用了我将近两个月的时间——尽管如此，我到现在仍旧记得让头一次遇见柯赛特时，默默地帮着提着水桶的她进入店里。而让自从越狱之后一直在搜寻的那个芳汀的女儿就是她，也多亏了她，使他能够安下心来，过隐居的生活。

柯赛特的痛苦、隐忍之所以并没有太大地触动我，是因为这一切都有让在注视着。这个人一直以旁观者的身份注视着。他脸上没有丝毫表情，眼睛盯着小女孩，心中波涛汹涌。因为我知道，有让懂得这份贫穷和无爱的痛苦，我知道他一定会救助她出困境。柯赛特真的很幸运。她的悲伤一直有让共同承担。而她的快乐，又有马里于斯这张带着青春的花香的纸张，让她印下自己的印章。

是的，这些人物的消失，就是悲伤的源头了。

致：全世界的国家领导人

文 / 曹开煊

全世界的国家领导人：

您们好！

今天，老师教我们《儿童和平条约》，"我们全世界的儿童向世界宣告：未来的世界，应该和平。我们要一个没有战争和武器的星球，我们要消灭破坏和疾病。我们再也不要仇恨和饥饿，我们再也不要无家可归的事情发生……"

读完《儿童和平条约》，我被它深深地感动了，我觉得他们说的都很对，未来的世界的确应该是和平的。

当年，小日本侵略中国，打到许昌，我奶奶才两岁，她跟着大人躲到麦地里，整天东躲西藏，吃不饱饭，睡不好觉，更别说有童年的快乐了。直到新中国成立了，和平了，我奶奶才上学，有了欢乐。

我还看过许多战争灾难的照片，其中有一张是：一位妈妈抱着一个玉玉，这个玉玉的头被小日本砍掉了。我看完这个照片感觉浑身发冷，战争太可怕了。

战争是儿童的地狱，那里只有恐惧和惊叫；和平是儿童的天堂，那里有温馨和欢笑。如果没有和平，那就可能有许许多多的儿童无家可归，因为他们的家园被战争破坏。我们如果再发生战争的话，那就有可能有更多的儿童失去欢乐乃至生命。我们厌恶仇恨和饥饿，如果世界上有仇恨和饥饿，那好多孩子就不能像我们这样幸福，天天上学，天天喝干净的水，吃干净的饭。

所以，在这里，我要对全世界的国家领导人大声地说一声：请不要发动战争了！为了其他国家的儿童，为了自己国家的儿童，为了自己的儿童，为了别人的儿童，为了全世界、全人类的儿童！

让我们一起来宣读："为现在的和平，永久的和平，大家的和平。让世界上的成年人和我们一起，丢掉恐惧和悲伤，抓住欢笑和幻想，世界就一定和平。"

《窗边的小豆豆》读后感

文 / 郑睿颖

前几周，我看完了《窗边的小豆豆》这本书，非常好看！直到现在，书中精彩的故事还深深地印在我的脑海里！今天，我就给大家说说书中的内容吧！

首先，我觉得小豆豆是个聪明活泼、天真可爱的小女孩。一天，在上课的时候，小豆豆看到什么就"哇"的一声，全班同学就围着她转圈圈。以后，她每节课都"哇"的一声，还因为好奇心不停地开关抽屉盖子，使老师都无法上课。终于，老师把小豆豆的妈妈请来，把学校发生的一切都告诉她妈妈，让她转学。但是，妈妈不想让小豆豆知道转学的事，就对小豆豆说："我们去看看另一所学校怎么样？"妈妈把小豆豆带到了"巴学园"这所学校，接下来，小豆豆在精彩的"巴学园"学校生活就开始了。

我觉得"巴学园"真好呀！因为他们可以在电车上想上什么课就上什么课，想去研究什么就去研究什么。学校里还有比较特殊的地方是：运动员的奖品都是蔬菜；他们的校歌只有三个字，那就是"巴学园"；他们吃饭前还会唱歌，而且吃饭时还要带山的味道和海的味道……对了，"巴学园"的校长也真好啊！第一次见到小豆豆就耐心地听她说了四个小时的话。还有一次，小豆豆在楼下买树皮，可是没有钱，怎么呢？校长就借给小豆豆钱了。我真羡慕小豆豆能上这所学校！我也真想到"巴学园"去看看，看看可爱的树大门，看看充满神奇的电车教室，看看和蔼可亲的小林校长！

这本书也有让我感动的地方，那就是泰明的死，当校长拿出泰明的照片时，全校的老师和同学们心里别提多难受了。我也伤心极了，忍不住地流下了眼泪。

我喜欢小豆豆，因为小豆豆天真可爱；我喜欢小林校长，因为小林校长总是对每个孩子说："你真是个好孩子！"我喜欢小豆豆的妈妈，因为妈妈一直耐心地陪伴在她的身边；我喜欢《窗边的小豆豆》这本书，因为这本书有很多让我觉得搞笑、入迷、开心、感动的地方。

心中有主

文 / 马之军

为人，要有一定的思想；为事，要有自己的主见。所谓主见，也就是一个人对某件事的态度及看法。在中国传统文化中有很多关于"君子"的说法：君子爱财，取之有道；天行健，君子以自强不息；君子心中有主，不随波逐流由外物的变化而清明部分。正所谓：大事不糊涂，小事分清明。

这是我想到了汉代大学者许衡一日外出，因天气炎热，口燥难耐，巧遇路边也有一棵梨树，行人纷纷前去摘梨，唯独许衡不为所动。

"何不摘梨解渴？"有人问他。

许衡回答："不是自己的梨，岂能乱摘？"那人笑他迂腐："世道这样乱，管他是谁的梨呢？"许衡正色道："梨虽无主，而我心中有主。"

在浑浊的乱世中保持一颗干净纯洁的心，据守着物我交融的本真颜色。君子心中有主，是一种修养、一种准则、一种境界、一种精神、一种敢于走自己的路并勇于担当命运的气魄。我心中有主，如晚风般温柔飘香的话语，吹动了那漂浮在心湖上的萍草，顺着世人远去的脚步和嘲笑似的叹息，又有谁还会一起那句"心中有主"的轻声呢喃呢？

每个人都有自己的欲望

文 / 匡天龙

每个人都有欲望，它可大可小，小欲望是小砝码，大欲望是大砝码。就像人的肩膀挑着一架天平，一边是欲望，一边是心灵的满足，而心灵应该有足够的砝码来保持平衡。

老子曰："罪莫大于可欲，祸莫大于不知足，咎莫大于欲得。故知足之足，常足矣。"司马迁在《史记》中也说："欲而不知止，失其所以欲；有而不知足，失其所以有。"这些告诫已为古往今来无数的事实所证实。贪官相继落马的严酷事实告诫我们：一旦贪欲支配了人的灵魂，世界观会扭曲，人生观会背离，价值观会错位，必然导致生活目标的混乱和行为上的腐败，从而印证"贪如火、不遏则自焚"。

天下大福，莫大于无贪欲；天下大祸，莫大于欲无底。任何滥用权力的行为，都是把权力作为一种肆意挥舞的"魔杖"。党员干部要克己奉公、清正廉明、恪尽职守、造福于民，把权力作为一种责任、一种奉献、一种品德和天职、本分、本质、本色。常思贪欲之害，方可预防受害。只有做到慎独、慎初、慎微，方可自重、自醒、自警，在功名利禄面前保持一颗平常心，让人生多一些轻盈与快乐，于国于家，于民于己，都是一件幸事。

书是最美的风景

文 / 宋婉青

乡村的今夜爆竹声四起，送走了家里的客人，便努力地让自己的心平静下来。越来越不喜欢喧闹，面对嘈杂的环境我的心便浮起来。如今的乡村已不再寂静，好像要紧跟城市的步伐，模仿它的繁华，它的热闹。

独自凭栏，眺彼灯火阑珊，安享一方静谧，心里平澈如砥，孤对脑海里的一片繁杂，面对现在，求索未来，倾心书写着心灵的美妙……每个人都日日夜夜不断书写着自己的人生，演绎自己的角色，粉饰这繁华的世界，无论地位高低，境界深浅，都在属于自己的人生大道上前行，两旁是美妙不断的风景，辅助着人的成长，使生活绚烂多彩……

那最美的风景到底是什么？

我总认为，文字便是最美的风景，可能是我对文字有一颗炽热的心。这是我的梦，曾经年少轻狂，固执的把它当成生活的全部。后来发现，喜欢文字可以有很多捷径，书亦是最美的风景！

记得小的时候随父亲去过很多地方，拍过很多景色，当身处其景时总感觉那儿的风景最美，现在想想可能那时候太小了，没有心灵的领悟，即便到了现在，那些旅游 80% 不过是为了满足人们的虚荣心罢了！

我记得西方谚语有这样一句：打开一本书，打开一个世界。

我觉得，最美的风景一定是值得感悟的，发掘它深处的美丽才算美

有你，我的年华不寂寞

的极致，而透过书，就能了解到美到极致的景色！

经常去丰南图书馆读书，因为喜欢在那样的环境里成长，因为喜欢沉浸书香。有时候朋友跟我说没意思叫我去逛街，我总会加一句："要不去图书馆吧，环境好啊。"后来朋友习惯了我，当我对他们的提议表示无语时，他们总会说上一句"哈，婉青又想去图书馆了。"我笑了。朋友接话"比起去看书，逛街是不是在浪费生命！世界上的好书那么多，我才读了多少！是不是？"

正月初五了，从腊月二十八买到朱永新老师的《我的阅读观》开始，每天都会读一些，没有一天间歇，如今已接近尾声。走进朱老师，是因为九月份朱老师来丰南开过一场讲座，后来因为生病而与那次讲座无缘，但庆幸的是我在丰南图书馆的协助下找到了朱老师的讲稿。读了之后很受启发，终于在寒假读到了他的阅读观！

这些天，母亲总是说"过年了，也跟我们出去转转"。我总是笑着拒绝，现在的世界真真假假，满脸堆笑的生活我真的不喜欢，我想做真实的自己。无奈的母亲丢给我一句话"总拿着那几本书，白天看，晚上看，明天你就跟人类真无语了！"我笑了："那我们也用纸和笔交流哈！"

其实，每一本书上都有最美的风景，每一次阅读都会有很大的收获，每一本书背后都会带给我一次心灵的成长，书，会给我一个跟大师对话的机会！

书在犹太人的世界里就是他们生命中最美的风景。据统计，以色列14岁以上的人平均每月读一本书，图书馆1000所，平均每500人就有一个图书馆。写到这里，我想到了曾在杂志中读到的一则格言：如女儿嫁学者，变卖全部家当也值得；如娶学者女儿为妻，付出所有财产在所不惜！看看，这就是他们的世界！

浸入书的风景中，这也可以消除疲惫，净化灵魂，提升心灵境界的。有些人认为心灵境界不存在，非也，就存在于对风景的品味，不单单是融情于景，而是人与美景的灵魂交融，心灵境界的潜移默化的提升的。

　　夜，深了。我放下敲打文字的双手凝视窗外，深思随灯火阑珊波动，窗边的书架中层，我看到了路遥的《平凡的世界》，拿下来，沉浸在此静谧的一方风景里……

校园文摘系列丛书征稿

　　阅读可以使学生增长见识，可以提高学生写作水平；阅读可以陶冶学生性情，使学生变得温文尔雅、富有修养；阅读可以给学生带来无限遐想和乐趣，给学生带来智慧源泉和精神力量；阅读可以磨炼学生意志，让学生的心灵逐渐充实、成熟。

　　为满足广大读者要求，中央编译出版社将继续开展"校园文摘系列丛书"征稿活动，让我们从"学生阅读"读起，从朴实无华、意蕴丰富的文字中感受阅读的魅力。

一　征文对象及内容

　　征稿对象为全国大中学生。可以个人投稿，也可以学校、班级或文学社团为单位组织供稿。作品的体裁、内容不作任何限制。篇幅限 1300-2500 字之间。优秀来稿将分别入选面向全国发行的"校园文摘系列丛书"。

二　征文要求

　　1. 文笔流畅，有真情实感，活泼新颖。
　　2. 投稿作品必须是本人原创，不得抄袭、套改。如涉及法律问题，由作者本人负责。

三　投稿时间

　　即日起至 2018 年 12 月 30 日止。

四　投稿须知

　　1. 投稿限发 word 文档电子稿。每人可投 3~5 篇。优秀作品可根据题材分别入选多本图书相关栏目。
　　2. 来稿在文末附上以下内容：文章标题、作者姓名、邮寄地址、电子信箱、电话、QQ。
　　3. 来稿在 90 天内未收到采用通知的作者，稿件自行处理，三个月内请勿一稿多投！
　　4. 所有来稿均视为作者已同意本作品选编入中央编译出版社相关图书。不同意以上约定的作者请勿来稿。

电子邮箱： cctp8299288@163.com
作者交流 QQ 群： 63601654

著名少年作家万亿新作《我在成都等你》

即将与读者见面

万亿，一个16岁的少年，已出版6本小说。这位小作者似乎在继承韩寒，郭敬明等青年作家的衣钵，秉承他们对青春、对人生的一贯写作手法，将自己的感受丰富化而已。

"清晨的阳光落在他脸上，光影从额头沿着眉心迤逦向下，经过秀挺的鼻梁，微微弯起弧度的嘴唇，最后汇集到眼睛里，浓密的长睫不停震颤，为眼睑下覆上阴影，却遮不住他瞳孔里潋滟流转的光。"

一眼看去，谁会料见这出自于一位16岁孩子的手笔呢？固然，其文章的手法带有漫画性，但也正是如此，才使本书特征凸显无疑。就像电影《致青春》一般，没有什么惊世骇俗的人生哲理，就是一股清流，一首简单的青春之歌。

暗恋，执着，迷惘。这些词都被作者熟练的揉捏于青春故事中。发酵成一种芬芳！

《作文36技》

学生写作必备图书

《作文36技》是一本非常受学生欢迎的图书。该书共分36个专题，每个专题都分为"名家垂范""名师指点""名题演练""名卷展示"四个板块。乍看只是总结了一些写作的技巧，细究却分明提出了一种语文教学的新思路：从阅读走向写作。

这本书的问世，填补了日前中学作文教材的一项空白！相信青少年朋友们能从这本书中获得启示，去抒写自己芬芳而绚烂的人生！教育界多位专家推荐此书！

定价：38元　全国各地新华书店有售

超脱考试做领袖

谨以此书献给中国版图上那些
胸怀壮志的年轻人

陈济安◎著

著名教育家 **郭传杰、冯恩洪、毕诚** 倾情推荐

全国百佳出版社
中央编译出版社

书　名：《超脱考试做领袖》

作　者：陈济安

定　价：30元

　　郭传杰、冯恩洪、毕诚等著名教育家认为：《超脱考试做领袖》一书非常
适合大中学生、教师、家长和有志青年阅读参考，称此书是一部不可多得的励
志佳作。

　　该书是一部"教人识道用器，学会学习、少有相似，独创一帜"的原创佳作。